妻妾成群

苏童

著

人民文学出版社

图书在版编目（CIP）数据

妻妾成群／苏童著.-- 北京：人民文学出版社，2024
ISBN 978-7-02-018688-4

Ⅰ.①妻… Ⅱ.①苏… Ⅲ.①长篇小说-中国-当代 Ⅳ.①I247.5

中国国家版本馆CIP数据核字(2024)第109898号

责任编辑　黄彦博　王昌改
责任印制　苏文强

出版发行　人民文学出版社
社　　址　北京市朝内大街166号
邮政编码　100705

印　　刷　北京盛通印刷股份有限公司
经　　销　全国新华书店等

字　　数　119千字
开　　本　850毫米×1168毫米　1/32
印　　张　7.75　插页3
印　　数　1—30000
版　　次　2024年9月北京第1版
印　　次　2024年9月第1次印刷

书　　号　978-7-02-018688-4
定　　价　48.00元

如有印装质量问题，请与本社图书销售中心调换。电话：010-65233595

自　序

我的写作忽疏忽密，持续有些年头了。谈创作，有时有气无力，有时声如洪钟，也谈了好些年头了。但给自己的书写自序，上一次似乎还要追溯到二十年前。我不知道我后来为什么这样抗拒写自序，就像不知道自己当初为什么那样热衷，我也不清楚自序的用途，究竟是为了对读者多说一些话，还是为了对自己多说一些话。

一般来说，我不习惯在自己的作品结尾标注完成时间，但我在头脑一片空茫之际，罕见地自我考古，找出二十多年前出版的小说集《少年血》，我意外地发现那本书的自序后面标记了一个清晰的时间：1992.12.28。自序提及我当时刚刚写完了一篇名叫《游泳池》的短篇，而篇末时间提醒我那是一个冬天的夜晚，快要庆祝1993年的元旦了。我想不起关于《游泳池》的写作细节了，能想起来的竟然是那些年我栖身的阁楼，低矮的天花板，狭窄的楼梯，有三处地方必须注意撞头，我习惯了在阁楼里低头缩肩的姿势。那些寒冷的冬夜，北风摇撼着老朽的木窗以及白铁匠邻居们存放在户外的铁皮，铁皮会发出风铃般的脆响。有时候风会从窗缝钻进来，在我的书桌上盘旋，很好奇地掀起稿纸的一角，我抹平稿纸，继续写。我想起我当时使用的一盏铁皮罩台灯，铁皮罩是铅灰色的，长方形的，但灯光很温暖，投射的面积很大，那时候没有任何取暖设备，但我写作的时候，手大部分时间泡在那温暖的光影里，并不冷。说这些我有些惭愧，感慨多，并非一件体面之事，但我想把如此这般的感慨体面地修饰一下：写作这件事，其实可以说得简单些，当时光流逝，写作就是我和岁月的故事，或者就是我和灯光的故事。

前不久听一位做投资的朋友概括他们考察项目的经验，说种种考察最终不外乎考察两点：一是你去哪里，二是你怎么去。会心一笑之间，忽然觉得这经验挪移到写作，一样地简洁可靠，创作其实也是一样的。你要去哪里？我们习惯说，让作品到远方去，甚至比远方更远；让作品到高处去，甚至比天空更高。这都很好，没有毛病。我们唯一的难题是怎么去，这样的旅程没有任何交通工具，甚至没有确定的路线图，只有依靠一字一句行走、探索，这样漫长的旅程看不到尽头，因此，我和很多人一样，选择将写作持续一生。

里尔克曾经给年轻的诗人们写信告诫："以深深的谦虚与耐性去期待一个新的豁然开朗的时刻，这才是艺术的生活，无论是理解或创造，都一样。"这封信至今并不过时，我想我们很多人都收到了这封信，我们很多人愿意手持这封信写作、生活，无论那个豁然开朗的时刻是否会来到，深深的谦虚与耐性都是写作者必须保持的品格，当然，那也是去远方必需的路条。

苏　童

目 录

妻妾成群   1

红粉   87

园艺   155

后记 我为什么写《妻妾成群》   227

附录 苏童经历   231

妻妾成群

颂莲朝井边走去,她的身体无比轻盈,好像在梦中行路一般。

四太太颂莲被抬进陈家花园的时候是十九岁,她是傍晚时分由四个乡下轿夫抬进花园西侧后门的。仆人们正在井边洗旧毛线,看见那顶轿子悄悄地从月亮门里挤进来,下来一个白衣黑裙的女学生。仆人们以为是在北平读书的大小姐回家了,迎上去一看不是,是一个满脸尘土、疲惫不堪的女学生。那一年颂莲留着齐耳的短发,用一条天蓝色的缎带箍住,她的脸是圆圆的,不施脂粉,但显得有点苍白。颂莲钻出轿子,站在草地上茫然环顾,黑裙下面横着一只藤条箱子。在秋日的阳光下,颂莲的身影单薄纤细,散发出纸人一样呆板的气息。她抬起胳膊擦着脸上的汗,仆人们注意到她擦汗不是用手帕而是用衣袖,这一点给他们留下了深刻的印象。

颂莲走到水井边,她对洗毛线的雁儿说,让我洗把脸吧,我三天没洗脸了。雁儿给她吊上一桶水,看着她把脸埋进水里,颂莲的弓着的身体像腰鼓一样被什么击打着,簌簌地抖动。雁儿说,你要肥皂吗? 颂莲没说话。雁儿又说,水太凉是吗? 颂莲还是没说话。雁儿朝井边的其他女佣使了个眼色,捂住嘴笑。女佣们猜测来客是陈家的哪个穷亲戚。她们对陈家的所有来客几乎都能判断出各自的身份。大概就是这时候,颂莲猛地回过头,她的脸在洗濯之后泛出一种更加醒目的寒意,眉毛很细很黑,渐渐地拧起来。颂莲瞟了雁儿一眼,她说,你傻笑什么,还不去把水泼掉? 雁儿仍然笑着,你是谁呀,这么厉害? 颂莲搡了雁儿一把,拎起藤条箱子离开井边,走了几步,她回过头说,我是谁? 你们迟早要知道的。

第二天陈府的人都知道陈佐千老爷娶了四太太颂莲。颂莲住在后花园的南厢房里,紧挨着三太太梅珊的住处。陈佐千把原先下房里的雁儿给四太太做了使唤丫鬟。

第二天雁儿去见颂莲的时候心里胆怯,低着头喊了声"四太太",但颂莲已经忘了雁儿对她的冲撞,或者颂莲根本就没记住雁儿是谁。颂莲这天换了套粉绸旗袍，脚上趿双绣花拖鞋，她脸上的气色一夜间就恢复过来，看上去和气许多，她把雁儿拉到身边，端详一番，对旁边的陈佐千说，她长得还不算讨厌。然后她对雁儿说，你蹲下，我看看你的头发。雁儿蹲下来感觉到颂莲的手在挑她的头发，仔细地察看什么，然后她听见颂莲说，你没有虱子吧，我最怕虱子。雁儿咬住嘴唇没说话，她觉得颂莲的手像冰凉的刀锋般切割她的头发，有一点疼痛。颂莲说，你头上什么味？真难闻，快拿块香皂洗头去。雁儿站起来，她垂着手站在那儿不动。陈佐千瞪了她一眼，没听见四太太说话？雁儿说，昨天才洗过头。陈佐千拉高嗓门喊，别废话，让你去洗就得去洗，小心揍你。

雁儿端了一盆水在海棠树下洗头，洗得委屈，心里的气恨像一块铅一样坠在那里。午后阳光照射着两棵海棠树，一根晾衣绳拴在两棵树上，四太太颂莲的白衣黑裙在微风中摇曳。雁儿朝四处环顾一圈，后花园阒寂无人，她走到晾衣绳那儿，朝颂莲的白衫上吐了一口唾沫，朝黑裙上又吐了一口。

陈佐千这年将近五十。陈佐千五十岁时纳颂莲为妾，事情是在半秘密状态下进行的。直到颂莲进门的前一天，原配太太毓如还浑然不知。陈佐千带着颂莲去见毓如,毓如在佛堂里捻着佛珠诵经。陈佐千说,这是大太太。颂莲刚要上去行礼,毓如手里的佛珠突然断了线,滚了一地。毓如推开红木靠椅下地捡佛珠,口中念念有词,罪过,罪过。颂莲相帮去捡,被毓如轻轻地推开,她说,罪过,罪过,始终没抬眼看颂莲一眼。颂莲看着毓如肥胖的身体伏在潮湿的地板上捡佛珠,捂着嘴无声地笑了一笑,她看看陈佐千,陈佐千说,好吧,我们走了。颂莲跨出佛堂门槛,就挽住陈佐千的手臂说,她有一百岁了吧,这么老?陈佐千没说话。颂莲又说,她信佛?怎么在家里念经?陈佐千说,什么信佛,闲着没事干,滥竽充数罢了。

颂莲在二太太卓云那里受到了热情的礼遇。卓云让丫鬟拿了西瓜子、葵花子、南瓜子,还有各种蜜饯招待颂莲。她们坐下后,卓云的头一句话就是说瓜子,这儿没有好瓜子,我嗑的瓜子都是托人从苏州买来的。颂莲在卓云那里嗑了半天瓜子,嗑得有点厌烦,她不喜欢这些零嘴,又不好表露出来。颂莲偷偷地瞟陈佐千,示意离开,但陈佐千似乎有意要在卓云这里多待一会儿,对颂莲的眼神视若无睹。颂莲由此判断陈佐千是宠爱卓云的,眼睛就不由得停留在卓云的脸上、身上。卓云的容貌有一种温婉的清秀，即使是细微的皱纹和略显松弛的皮肤也遮掩不了，举手投足之间，更有一种大家闺秀的风范。颂莲想，卓云这样的女人容易讨男人喜欢，女人也不会太讨厌她。颂莲很快地就喊卓云姐姐了。

陈家前三房太太中，梅珊离颂莲最近，但却是颂莲最后一个见到的。颂莲早就听说梅珊的倾国倾城之貌，一心想见她，但陈佐千不肯带她去。他说，这么近，你自己去吧。颂莲说，我去过了，丫鬟说她病了，拦住门不让我进。陈佐千鼻孔里哼了一声，她一不高兴就称病。又说，她想爬到我头上来。颂莲说，你让她爬吗？陈佐千挥挥手说，休想，女人永远爬不到男人的头上来。

颂莲走过北厢房，看见梅珊的窗上挂着粉色的抽纱窗帘，屋里透出一股什么草花的香气。颂莲站在窗前停留了一会儿，忽然忍不住心里偷窥的欲望，她屏住气轻轻掀开窗帘，这一掀差点把颂莲吓得灵魂出窍，窗帘后面的梅珊也在看她，目光相撞，只是刹那间的事情，颂莲便仓皇地逃走了。

到了夜里，陈佐千来颂莲房里过夜。颂莲替他把衣服脱了，换上睡衣，陈佐千说，我不穿睡衣，我喜欢光着睡。颂莲就把目光掉开去，说，随便你，不过最好穿上睡衣，会着凉。陈佐千笑起来,你不是怕我着凉,你是怕看我光着屁股。颂莲说,我才不怕呢。她转过脸时颊上已经绯红。这是她头一次清晰地面对陈佐千的身体,陈佐千形同仙鹤,干瘦细长,生殖器像弓一样绷紧着。颂莲有点透不过气来,她说,你怎么这样瘦?陈佐千爬到床上,钻进丝绵被窝里说,让她们掏的。

颂莲侧身去关灯,被陈佐千拦住了,陈佐千说,别关,我要看你,关上灯就什么也看不见了。颂莲摸了摸他的脸说,随便你,反正我什么也不懂,听你的。

颂莲仿佛从高处往一个黑暗深谷坠落,疼痛、晕眩伴随着轻松的感觉。奇怪的是意识中不断浮现梅珊的脸,那张美丽绝伦的脸也隐没在黑暗中间。颂莲说,她真怪。你说谁?三太太,她在窗帘背后看我。陈佐千的手从颂莲的乳房上移到嘴唇上,别说话,现在别说话。就是这时候房门被轻轻敲了两记。两个人都惊了一下,陈佐千朝颂莲摇摇头,拉灭了灯。隔了不大一会儿,敲门声又响起来。陈佐千跳起来,恼怒地吼起来,谁敲门?门外响起一个怯生生的女孩声音:三太太病了,喊老爷去。陈佐千说,撒谎,又撒谎,回去对她说我睡下了。门外的女孩说,三太太得的急病,非要你去呢。

她说她快死了。陈佐千坐在床上想了会儿，自言自语地说，她又耍什么花招。颂莲看着他左右为难的样子，推了他一把，你就去吧，真死了可不好说。

这一夜陈佐千没有回来。颂莲留神听北厢房的动静，好像什么事也没有。唯有知更鸟在石榴树上啼啭几声，留下凄清悠远的余音。颂莲睡不着了，人浮在怅然之上、悲哀之下。第二天早早起来梳妆，她看见自己的脸发生了某种深刻的变化，眼圈是青黑色的。颂莲已经知道梅珊是怎么回事，但第二天看见陈佐千从北厢房出来时，颂莲还是迎上去问梅珊的病情：给三太太请医生了吗？陈佐千尴尬地摇摇头，他满面倦容，话也懒得说，只是抓住颂莲的手软绵绵地捏了一下。

颂莲上了一年大学后嫁给陈佐千，原因很简单，颂莲父亲经营的茶厂倒闭了，没有钱负担她的费用。颂莲辍学回家的第三天，听见家人在厨房里乱喊乱叫，她跑过去一看，父亲斜靠在水池边，池子里是满满一池血水，泛着气泡。父亲把手上的动脉割破了，很轻松地上了黄泉路。颂莲记得她当时绝望的感觉，她架着父亲冰凉的身体，她自己整个比尸体更加冰凉。灾难临头她一点也哭不出来。那个水池后来好几天没人用，颂莲仍然在水池里洗头。颂莲没有一般女孩莫名的怯懦和恐惧，她很实际。父亲一死，她必须自己负责自己了。在那个水池边，颂莲一遍遍地梳洗头发，借此冷静地预想以后的生活。所以当继母后来摊牌，让她在做工和嫁人两条路上选择时，她淡然地回答说，当然嫁人。继母又问，你想嫁个一般人家还是有钱人家？颂莲说，当然有钱人家，这还用问？继母说，那不一样，去有钱人家是做小。颂莲说，什么叫做小？继母考虑了一下，说，就是做妾，名分是委屈了点。颂莲冷笑了一声，名分是什么？名分是我这样的人考虑的吗？反正我交给你卖了，你要是顾及父亲的情义，就把我卖个好主吧。

陈佐千第一次去看颂莲，颂莲闭门不见，从门里扔出一句话，去西餐社见面。陈佐千想毕竟是女学生，总有不同凡俗之处，他在西餐社订了两个位子，等着颂莲来。那天外面下着雨，陈佐千隔窗守望外面细雨蒙蒙的街道，心情又新奇又温馨，这是他前三次婚姻中前所未有的。颂莲打着一顶细花绸伞姗姗而来，陈佐千就开心地笑了。颂莲果然是他想象中漂亮洁净的样子，而且那样年轻。陈佐千记得颂莲在他对面坐下，从提兜里掏出一大把小蜡烛。她轻声对陈佐千说，给我要一盒蛋糕好吗？陈佐千让侍者端来了蛋糕，然后他看见颂莲把小蜡烛一根一根地插上去，一共插了十九根，剩下一根她收回包里。陈佐千说，这是干什么，你今天过生日？颂莲只是笑笑，她把蜡烛点上，看着蜡烛亮起小小的火苗。颂莲的脸在烛光里变得玲珑剔透，她说，你看这火苗多可爱。陈佐千说，是可爱。说完颂莲就长长地吁了口气，噗地把蜡烛吹灭。陈佐千听见她说，提前过生日吧，十九岁过完了。

陈佐千觉得颂莲的话里有回味之处，直到后来他也经常想起那天颂莲吹蜡烛的情景，这使他感到颂莲身上某种微妙而迷人的力量。作为一个富有性经验的男人，陈佐千更迷恋的是颂莲在床上的热情和机敏。他似乎在初遇颂莲的时候就看见了种种销魂之处，以后果然被证实。难以判断颂莲是天性如此还是曲意奉承，但陈佐千很满足，他对颂莲的宠爱，陈府上下的人都看在眼里。

后花园的墙角那里有一架紫藤，从夏天到秋天，紫藤花一直沉沉地开着。颂莲从她的窗口看见那些紫色的絮状花朵在秋风中摇曳，一天天地清淡。她注意到紫藤架下有一口井，而且还有石桌和石凳，一个挺闲适的去处却见不到人，通往那里的甬道上长满了杂草。蝴蝶飞过去，蝉也在紫藤枝叶上鸣唱，颂莲想起去年这个时候，她是坐在学校的紫藤架下读书的，一切都恍若惊梦。颂莲慢慢地走过去，她提起裙子，小心不让杂草和昆虫碰蹭，慢慢地撩开几枝藤叶，看见那些石桌石凳上积了一层灰尘。走到井边，井台石壁上长满了青苔，颂莲弯腰朝井中看，井水是蓝黑色的，水面上也浮着陈年的落叶。颂莲看见自己的脸在水中闪烁不定，听见自己的喘息声被吸入井中放大了，沉闷而微弱。有一阵风吹过来，把颂莲的裙子吹得如同飞鸟，颂莲这时感到一种坚硬的凉意，像石头一样慢慢敲她的身体。颂莲开始往回走，往回走的速度很快。回到南厢房的廊下，她吐出一口气，回头又看那个紫藤架，架上倏地落下两三串花，很突然地落下来，颂莲觉得这也很奇怪。

卓云在房里坐着，等着颂莲。她乍地发觉颂莲的脸色很难看，卓云起来扶着颂莲的腰，你怎么啦？颂莲说，我怎么啦？我上外面走了走。卓云说，你脸色不好。颂莲笑了笑，说，身上来了。卓云也笑，我说老爷怎么又上我那儿去了呢。她打开一个纸包，拉出一卷丝绸来，说，苏州的真丝，送你裁件衣服。颂莲推开卓云的手，不行，你给我东西，怎么好意思，应该我给你才对。卓云嘘了一声，这是什么道理？我见你特别可心，就想起来这块绸子，要是隔壁那女人，她掏钱我也不给，我就是这脾气。颂莲就接过绸子放在膝上摩挲着，说，三太太是有点怪。不过，她长得真好看。卓云说，好看什么？脸上的粉霜可刮掉半斤。颂莲又笑，转了话题，我刚才在紫藤架那儿待了会儿，我挺喜欢那儿的。卓云就叫起来，你去死人井了？别去那儿，那儿晦气。颂莲吃惊道，怎么叫死人井？卓云说，怪不得你进屋时脸色不好，那井里死过三个人。颂莲站起身伏在窗口朝紫藤架张望，都是什么人死在井里了？卓云说，都是上代的家眷，都是女的。颂莲还要打听，卓云就说不上来了。卓云只知道这些，她说陈家上下忌讳这些事，大家都守口如瓶。颂莲愣了一会儿，说，这些事情，不知道就不知道吧。

陈家的少爷小姐都住在中院里。颂莲曾经看见忆容和忆云姐妹俩在泥沟边挖蚯蚓，喜眉喜眼、天真烂漫的样子，颂莲一眼就能判断她们是卓云的骨血。她站在一边悄悄地看她们，姐妹俩发觉了颂莲，仍然旁若无人，把蚯蚓灌到小竹筒里。颂莲说，你们挖蚯蚓做什么？忆容说，钓鱼呀。忆云却不客气地白了颂莲一眼，不要你管。颂莲有点没趣，走出几步，听见姐妹俩在嘀咕，她也是小老婆，跟妈一样。颂莲一下蒙了，她回头愤怒地盯着她们看，忆容哧哧地笑着，忆云却丝毫不让地朝她撇嘴，又嘀咕了一句什么。颂莲心想这叫什么事，小小年纪就会说难听话。天知道卓云是怎么管这姐妹俩的。

颂莲再碰到卓云时，忍不住就把忆云的话告诉她。卓云说，那孩子就是嘴没遮拦的，看我回去拧她的嘴。卓云赔礼后又说，其实我那两个孩子还算省事的，你没见隔壁小少爷，跟狗一样的，见人就咬，吐唾沫。你有没有挨他咬过？颂莲摇摇头。她想起隔壁的小男孩飞澜，站在门廊下，一边啃面包，一边朝她张望，头发梳得油光光的，脚上穿着小皮鞋，颂莲有时候从飞澜脸上能见到类似陈佐千的表情，她从心理上能接受飞澜，也许因为她内心希望给陈佐千再生一个儿子。男孩比女孩好，颂莲想，管他咬不咬人呢。

只有毓如的一双儿女，颂莲很久都没见到。显而易见的是他们在陈府的地位。颂莲经常听到关于对飞浦和忆惠的议论。飞浦一直在外面收账，还做房地产生意，而忆惠在北平的女子大学读书。颂莲不经意地向雁儿打听飞浦，雁儿说，我们大少爷是有本事的人。颂莲问，怎么个有本事法？雁儿说，反正有本事，陈家现在都靠他。颂莲又问雁儿，大小姐怎么样？雁儿说，我们大小姐又漂亮又文静，以后要嫁贵人的。颂莲心里暗笑，雁儿褒此贬彼的话音让她很厌恶，她就把气发到裙裾下那只波斯猫身上，颂莲抬脚把猫踢开，骂道，贱货，跑这儿舔什么骚？

颂莲对雁儿越来越厌恶，至关重要的一点是她没事就往梅珊屋里跑，而且雁儿每次接过颂莲的内衣内裤去洗时，总是一脸不高兴的样子。颂莲有时候就训她，你挂着脸给谁看，你要不愿跟我就回下房去，去隔壁也行。雁儿申辩说，没有呀，我怎么敢挂脸，天生就没有脸。颂莲抓过一把梳子朝她砸过去，雁儿就不再吱声了。颂莲猜测雁儿在外面没少说她的坏话。但她也不能对雁儿太狠，因为她曾经看见陈佐千有一次进门来顺势在雁儿的乳房上摸了一把，虽然是瞬间的很自然的事，颂莲也不得不节制一点，要不然雁儿不会那么张狂。颂莲想，连个小丫头也知道靠那一把壮自己的胆，女人就是这种东西。

到了重阳节的前一天，大少爷飞浦回来了。

颂莲正在中院里欣赏菊花，看见毓如和管家都围拢着几个男人，其中一个穿白西服的很年轻，远看背影很魁梧的，颂莲猜他就是飞浦。她看着下人走马灯似的把一车行李包裹运到后院去，渐渐地人都进了屋，颂莲也不好意思进去，她摘了枝菊花，慢慢地踱向后花园，路上看见卓云和梅珊，带着孩子往这边走。卓云拉住颂莲说，大少爷回家了，你不去见个面？颂莲说，我去见他？应该他来见我吧。卓云说，说得也是，应该他先来见你。一边的梅珊则不耐烦地拍拍飞澜的头颈，快走快走。

颂莲真正见到飞浦是在饭桌上。那天陈佐千让厨子开了宴席给飞浦接风，桌上摆满了精致丰盛的菜肴，颂莲睃巡着桌子，不由得想起初进陈府那天，桌上的气派远不如飞浦的接风宴，心里有点犯酸，但是很快她的注意力就转移到飞浦身上了。飞浦坐在毓如身边，毓如对他说了句什么，然后飞浦就欠起身子朝颂莲微笑着点了点头。颂莲也颔首微笑。她对飞浦的第一个感觉是出乎意料的英俊年轻，第二个感觉是他很有心计。颂莲往往是喜欢见面识人的。

第二天就是重阳节了，花匠把花园里的菊花盆全搬到一起去，五颜六色地搭成"福""禄""寿""禧"四个字。颂莲早早地起来，一个人绕着那些菊花边走边看。早晨有凉风，

颂莲只穿了一件毛背心,她就抱着双肩边走边看。远远地她看见飞浦从中院过来,朝这边走。颂莲正犹豫着是否先跟他打招呼,飞浦就喊起来,颂莲你早。颂莲对他直呼其名有点吃惊,她点点头,说,按辈分你不该喊我名字。飞浦站在花圃的另一边,笑着系上衬衫的领扣,说,应该叫你四太太,但你肯定比我小几岁呢,你多大?颂莲显出不高兴的样子侧过脸去看花。飞浦说,你也喜欢菊花?我原以为大清早的可以先抢风水,没想到你比我还早。颂莲说,我从小就喜欢菊花,可不是今天才喜欢的。飞浦说,最喜欢哪种?颂莲说,都喜欢,就讨厌蟹爪。飞浦说,那是为什么?颂莲说,蟹爪开得太张狂。飞浦又笑起来说,有意思了,我偏偏最喜欢蟹爪。颂莲睃了飞浦一眼,我猜到你会喜欢它。飞浦又说,那又是为什么?颂莲朝前走了几步,说,花非花,人非人,花就是人,人就是花,这个道理你不明白?颂莲猛地抬起头,她察觉出飞浦的眼神里有一种异彩水草般地掠过,她看见了,她能够捕捉它。飞浦叉腰站在菊花那一侧,突然说,我把蟹爪换掉吧。颂莲没有说话。她看着飞浦把蟹爪换掉,端上几盆墨菊摆上。过了一会儿,颂莲又说,花都是好的,摆的字不好,太俗气。飞浦拍拍手上的泥,朝颂莲挤挤眼睛,那就没办法了,"福禄寿禧"是老爷让摆的,每年都这样,老祖宗传下来的规矩。

颂莲后来想起重阳赏菊的情景,心情就愉快。好像从那天起,她与飞浦之间有了某种默契。颂莲想着飞浦如何把蟹爪搬走,有时会笑出声来。只有颂莲自己知道,她并不是特别讨厌那种叫蟹爪的菊花。

你最喜欢谁?颂莲经常在枕边这样问陈佐千,我们四个人,你最喜欢谁?陈佐千说,那当然是你了。毓如呢?她早就是只老母鸡了。卓云呢?卓云还凑合着,但她有点松松垮垮的了。那么梅珊呢?颂莲总是克制不住对梅珊的好奇心。梅珊是哪里人?陈佐千说,她是哪里人我也不知道,连她自己也不知道。颂莲说,那梅珊是孤儿出身?陈佐千说,她是戏子,京剧草台班里唱旦角的。我是票友,有时候去后台看她,请她吃饭,一来二去的她就跟我了。颂莲拍拍陈佐千的脸说,是女人都想跟你。陈佐千说,你这话对了一半,应该说是女人都想跟有钱人。颂莲笑起来,你这话也才对了一半,应该说有钱人有了钱还要女人,要也要不够。

颂莲从来没有听见梅珊唱过京戏,这天早晨窗外飘过来几声悠长清亮的唱腔，把颂莲从梦中惊醒。她推推身边的陈佐千，问，是不是梅珊在唱？陈佐千迷迷糊糊地说，她高兴了就唱，不高兴了就哭，狗娘养的。颂莲推开窗子，看见深夜的花园里降了雪白的秋霜，在紫藤架下，一个穿黑衣黑裙的女人且舞且唱着。果然就是梅珊。

颂莲披衣出来，站在门廊上远远地看着那里的梅珊。梅珊已沉浸其中，颂莲觉得她唱得凄凉婉转，听得心也浮了起来。这样过了好久，梅珊戛然而止，她似乎看见了颂莲的眼睛里充满了泪影。梅珊把长长的水袖搭在肩上往回走，在早晨的天光里，梅珊的脸上、衣服上跳跃着一些水晶色的光点，她的绾成圆髻的头发被霜露打湿，这样走着的她整个显得湿润而忧伤，仿佛风中之草。

你哭了？你活得不是很高兴吗，为什么哭？梅珊在颂莲面前站住，淡淡地说。颂莲掏出手绢擦了擦眼角，她说，也不知是怎么了，你唱的戏叫什么？叫《女吊》，梅珊说，你喜欢听吗？我对京戏一窍不通，主要是你唱得实在动情，听得我也伤心起来。颂莲说着，她看见梅珊的脸上第一次露出和善的神情。梅珊低下头看看自己的戏装，她说，本来就是做戏嘛，伤心可不值得。做戏做得好能骗别人，做得不好只能骗骗自己。

陈佐千在颂莲屋里咳嗽起来，颂莲有些尴尬地看看梅珊。梅珊说，你不去伺候他穿衣服？颂莲摇摇头说，他自己穿，他又不是小孩子。梅珊便有点悻悻的，她笑了笑说，他怎么要我给他穿衣穿鞋，看来人是有贵贱之分。这时候陈佐千又在屋里喊起来，梅珊，进屋来给我唱一段！梅珊的细柳眉立刻挑起来，她冷笑一声，跑到窗前冲里面说，老娘不愿意！

颂莲见识了梅珊的脾气。当她拐弯抹角地说起这个话题时，陈佐千说，都怪我前些年把她娇宠坏了。她不顺心起来敢骂我家祖宗八代。陈佐千说，这狗娘养的小婊子，我迟早得狠狠收拾她一回。颂莲说，你也别太狠心了，她其实挺可怜的，没亲没故的，怕你不疼她，脾气就坏了。

以后颂莲和梅珊有了些不冷不热的交往。梅珊迷麻将，经常招呼人去她那里搓麻将，从晚饭过后一直搓到深更半夜。颂莲隔着墙能听见隔壁洗牌的哗啦哗啦的声音，吵得她睡不好觉。她跟陈佐千发牢骚，陈佐千说，你就忍一忍吧，她搓上麻将还算正常一点，反正她把钱输光了我不会再给她的，让她去搓，让她去作死。但是有一回梅珊差丫鬟来叫颂莲上牌桌了，颂莲一句话把丫鬟挡了回去，她说，我去搓麻将？

亏你们想得出来。丫鬟回去后梅珊自己来了,她说,三缺一,赏个脸吧。颂莲说,我不会呀,不是找输吗?梅珊来拽她的胳膊,走吧,输了不收你钱,要不赢了归你,输了我付。颂莲说,那倒不至于,主要是我不喜欢。她说着就看见梅珊的脸挂下来了,梅珊哼了一声说,你这里有什么呀?好像守着个大金库不肯挪一步,不过就是个干瘪老头罢了。颂莲被呛得恶火攻心,刚想发作,难听话溜到嘴边又咽回去了,她咬着嘴唇考虑了几秒钟说,好吧,我跟你去。

另外两个人已经坐在桌前等候了,一个是管家陈佐文,另一个不认识,梅珊介绍说是医生。那人戴着金丝边眼镜,皮肤黑黑的,嘴唇却像女性一样红润而柔情。颂莲以前见他出入过梅珊的屋子,她不知怎么就不相信他是医生。

颂莲坐在牌桌上心不在焉,她是真的不太会打,糊里糊涂就听见他们喊"和了""自摸了"。她只是掏钱,慢慢地她就心疼起来,她说,我头疼,想歇一歇了。梅珊说,上桌就得打八圈,这是规矩。你恐怕是输得心疼吧。陈佐文在一边说,没关系的,破点小财消灾灭祸。梅珊又说,你今天就算给卓云做好事吧,这一阵她闷死了,把老头借她一夜,你输的钱让她掏给你。桌上的两个男人都笑起来。颂莲也笑,梅珊你可真能逗乐。心里却像吞了只苍蝇。

颂莲冷眼观察着梅珊和医生间的眉目传情，她想什么事情都是逃不过她的直觉的。当洗牌时掉下一张牌以后，颂莲弯腰去捡，一下就发现了他们的四条腿的形态，藏在桌下的那四条腿原来紧缠在一起，分开时很快很自然，但颂莲是确确实实看见了。

颂莲不动声色。她再也不去看梅珊和医生的脸了。颂莲这时的心情很复杂，有点惶惑，有点紧张，还有一点幸灾乐祸。她心里说，梅珊你活得也太自在了也太张狂了。

秋天里有很多这样的时候，窗外天色阴晦，细雨绵延不绝地落在花园里，从紫荆、石榴树的枝叶上溅起碎玉般的声音。这样的时候，颂莲枯坐窗边，睇视外面晾衣绳上一块被雨打湿的丝绢，她的心绪烦躁复杂，有的念头甚至是秘不可宣的。

颂莲就不明白为什么每逢阴雨就会想念床第之事。陈佐千是不会注意到天气对颂莲生理上的影响的。陈佐千只是有点招架不住的窘态。他说，年龄不饶人，我又最烦什么"三鞭神油"的。陈佐千抚摩颂莲粉红的微微发烫的肌肤，摸到无数欲望的小兔在她皮肤下面跳跃。陈佐千的手渐渐地就狂乱起来，嘴也俯到颂莲的身上。颂莲面色绯红地侧身躺在长沙发上，听见窗外雨珠迸裂的声音，颂莲双目微闭，呻吟道，主要是下雨了。陈佐千没听清，你说什么？项链？颂莲说，对，项链，我想要一串最好的项链。陈佐千说，你要什么我不给你？只是千万别告诉她们。颂莲一下子就翻身坐起来，她们？她们算什么东西？我才不在乎她们呢。陈佐千说，那当然，她们谁也比不上你。他看见颂莲的眼神迅速地发生了变化，颂莲把他推开，很快地穿好内衣走到窗前去了。陈佐千说，你怎么了？颂莲回过头，幽怨地说，没情绪了，谁让你提起她们的？

陈佐千怏怏地和颂莲一起看着窗外的雨景。这样的时候，整个世界都潮湿难耐起来。花园里空无一人，树叶绿得透出凉意，远远的紫藤架被风掠过，摇晃有如人形。颂莲想起那口井，关于井的一些传闻。颂莲说，这园子里的东西有点鬼气。陈佐千说，哪儿来的鬼气？颂莲朝紫藤架努努嘴，喏，那口井。陈佐千说，不过就死了两个投井的，自寻短见的。颂莲说，死的谁？陈佐千说，反正你也不认识的，是上一辈的两个女眷。颂莲说，是姨太太吧。陈佐千脸色立刻有点难看了，谁告诉你的？颂莲笑笑，谁也没告诉我，我自己看见的，我走到那口井边，一眼就看见两个女人浮在井底里，一个像我，另一个还是像我。陈佐千说，你别胡说了，以后别上那儿去。颂莲拍拍手说，那不行，我还没去问问那两个鬼魂呢，她们为什么投井？陈佐千说，那还用问，免不了是些污秽事情吧。颂莲沉吟良久，后来她突然说了一句，怪不得这园子里修这么多井。原来是为寻死的人挖的。陈佐千一把搂过颂莲，你越说越离谱，别去胡思乱想。说着陈佐千抓住颂莲的手，让她摸自己的那地方，他说，现在倒又行了，来吧，我就是死在你床上也心甘情愿。

花园里秋雨萧瑟，窗内的房事因此有一种垂死的气息，颂莲的眼前是一片深深幽暗，唯有梳妆台上的几朵紫色雏菊闪烁着稀薄的红影。颂莲听见房门外有什么动静，她随手抓过一只香水瓶子朝房门上砸去。陈佐千说，你又怎么了？颂莲说，她在偷看。陈佐千说，谁偷看？颂莲说，是雁儿。陈佐千笑起来，这有什么可偷看的？再说她也看不见。颂莲厉声说，你别护她，我隔多远也闻得出她的骚味。

黄昏的时候，有一群人围坐在花园里听飞浦吹箫。飞浦换上丝绸衫裤，更显出他的倜傥风流。飞浦持箫坐在中间，四面听箫的多是飞浦做生意的朋友。这时候这群人成为陈府上下关注的中心，仆人们站在门廊上远远地观察他们，窃窃私语。其他在室内的人会听见飞浦的箫声像水一样幽幽地漫进窗口，谁也无法忽略飞浦的箫声。

颂莲往往被飞浦的箫声所打动，有时甚至泪涟涟的。她很想坐到那群男人中间去，离飞浦近一点，持箫的飞浦令她回想起大学里一个独坐空室拉琴的男生。她已经记不清那个男生的脸，对他也不曾有深藏的暗恋，但颂莲易于被这种优美的情景感化，心里是一片秋水涟漪。颂莲踟蹰半天，搬了一张藤椅坐在门廊上，静听着飞浦的箫声。没多久箫声沉寂了，那边的男人们开始说话。颂莲顿时就觉得没趣了，她想，说话多无聊，还不是你诓我我骗你的，人一说起话来就变得虚情假意的了。于是颂莲起身回到房里，她突然想起箱子里也有一支长箫，那是她父亲的遗物。颂莲打开那只藤条箱子，箱子好久没晒，已有一点霉味，那些弃之不穿的学生时代的衣裙整整齐齐地摞着，好像从前的日子尘封了，散出星星点点的怅然和梦幻。颂莲把那些衣服腾空了，也没有见那支长箫。她明明记得离家时把箫放进箱底的，怎么会没有了呢？

雁儿，雁儿你来。颂莲就朝门廊上喊。雁儿来了，说，四太太怎么不听少爷吹箫了？颂莲说，你有没有动过我的箱子？雁儿说，前一阵你让我收拾箱子的，我把衣服都叠好了呀。颂莲说，你有没有见一支箫？箫？雁儿说，我没见，男人才玩箫呢。颂莲盯住雁儿的眼睛看，冷笑了一声，那么说是你把我的箫偷去了？雁儿说，四太太你也别随便糟践人，我偷你的箫干什么呀？颂莲说，你自然有你的鬼念头，从早到晚心怀鬼胎，还装得没事人似的。雁儿说，四太太你别太冤枉人了，你去问问老爷少爷大太太二太太三太太，我什么时候偷过主子一个铜板的？颂莲不再理睬她，她轻蔑地瞄着雁儿，然后跑到雁儿住的小偏房去，用脚踩着雁儿的杂木箱子说，嘴硬就给我打开。雁儿去拖颂莲的脚，一边哀求说，四太太你别踩我的箱子，我真的没拿你的箫。颂莲看雁儿的神色，心中越来越有底，她从屋角抓过一把斧子说，劈碎了看一看，要是没有，明天给你个新的箱子。她咬着牙一斧劈下去，雁儿的箱子就散了架，衣物、铜板、小玩意滚了一地。颂莲把衣物都抖开来看，没有那支箫，但她忽然抓住一个鼓鼓的小白布包，打开一看，里面是个小布人，小布人的胸口刺着三枚细针。颂莲起初觉得好笑，但很快地她就发觉小布人很像她自己，再仔细地看，上面有依稀的两个墨迹：颂莲。颂莲的心好像真的被三枚细针刺着，一种尖锐的刺痛感。她的脸一下变得煞白。旁边的雁儿靠着墙，惊惶地看着她。颂莲突然尖叫了一声，她跳起来一把抓住雁儿的头发，把雁儿的头一次一次地往墙上撞。颂莲噙着泪大叫，让你咒我死！让你咒我死！雁儿无力挣脱，她只是软瘫在那里，发出断断续续的呜咽。颂莲累了，喘着气倏尔想到雁儿是不识字的，那么谁在小布人上写的字呢？这个疑问使她更觉揪心。颂莲后来就蹲下身子来，给雁儿擦泪，她换了种温和的声调，别哭了，事儿过了就过了，以后别这样，我不记你仇。不过你得告诉我是谁给你写的字。雁儿还在抽噎着，她摇着头说，我不说，不能说。颂莲说，你不用怕，我也不会闹出去的，你只要告诉我，我绝对不会连累你的。雁儿还是摇头。颂莲于是开始提示，是毓如？雁儿摇头。那么肯定是梅珊了？雁儿依然摇头。颂莲倒吸了一口凉气，她的声音有些颤抖了，是卓云吧？雁儿不再摇头了，她的神情显得悲伤而麻木。颂莲站起来，仰天说了一句，知人知面不知心哪，我早料到了。

陈佐千看见颂莲眼圈红肿着，一个人呆坐在沙发上，手里捻着一枝枯萎的雏菊。陈佐千说，你刚才哭过？颂莲说，没有呀，你对我这么好，我干什么要哭？陈佐千想了想说，你要是嫌闷，我陪你去花园走走，到外面吃夜宵也行。颂莲把手中的菊枝又捻了几下，随手扔出窗外，淡淡地问，你把我的箫弄到哪里去了？陈佐千迟疑了一会儿，说，我怕你分心，收起来了。颂莲的嘴角浮出一丝冷笑，我的心全在这里，能分到哪里去？陈佐千也正色道，那么你说那箫是谁送你的？颂莲懒懒地说，不是信物，是遗物，我父亲的遗物。陈佐千就有点发窘，说，是我多心了，我以为是哪个男学生送你的。颂莲把手摊开来，说，快取来还我，我的东西我自己来保管。陈佐千更加窘迫起来，他搓着手来回地走，这下坏了，他说，我已经让人把它烧了。陈佐千没听见颂莲再说话，房间里一点一点黑下来。他打开电灯，看见颂莲的脸苍白如雪，眼泪无声地挂在双颊上。

这一夜对于他们两个人来说都是特殊的一夜，颂莲像羊羔一样把自己抱紧了，远离陈佐千的身体，陈佐千用手去抚摩她，仍然得不到一点回应。他一会儿关灯一会儿开灯，看颂莲的脸像一张纸一样漠然无情。陈佐千说，你太过分了，我就差一点给你下跪求饶了。颂莲沉默了一会儿，说，我不舒服。陈佐千说，我最恨别人给我看脸色。颂莲翻了个身说，你去卓云那里吧,反正她总是对人笑的。陈佐千就跳下床来穿衣服,说,去就去,幸亏我还有三房太太。

第二天卓云到颂莲房里来时,颂莲还躺在床上。颂莲看见她掀开门帘的时候打了个莫名的冷战。她佯睡着闭上眼睛,卓云坐到床头伸手摸摸颂莲的额头说,不烫呀,大概不是生病是生气吧。颂莲眼睛虚着朝她笑了笑,你来啦。卓云就去拉颂莲的手,快起来吧,这样躺没病也孵出毛病来。颂莲说,起来又能干什么?卓云说,给我剪头发,我也剪个你这样的学生头,精神精神。

卓云坐在圆凳上,等着颂莲给她剪头发。颂莲抓起一件旧衣服给她围上,然后用梳子慢慢梳着卓云的头发。颂莲说,剪不好可别怪我,你这样好看的头发,剪起来实在是心慌。卓云说,剪不好也没关系的,这把年纪了还要什么好看。颂莲仍然一下一下地把卓云的头发梳上去又梳下来,那我就剪了。卓云说,剪呀,你怎么那样胆小?颂莲说,主要是手生,怕剪着了你。说完颂莲就剪起来。卓云的乌黑松软的头发一绺绺地掉下来,伴随着剪刀双刃的撞击声。卓云说,你不是挺麻利的吗?颂莲说,你可别夸我,一夸我的手就抖了。说着就听见卓云发出了一声尖厉刺耳的叫声,卓云的耳朵被颂莲的剪刀实实在在地剪了一下。

甚至花园里的人也听见了卓云那声可怕的尖叫。梅珊房里的人都跑过来看个究竟。她们看见卓云捂住右耳疼得直冒虚汗，颂莲拿着把剪刀站在一边，她的脸也发白了，唯有地板上是几绺黑色的头发。你怎么啦？卓云的泪已夺眶而出，她的话没说完就捂住耳朵跑到花园里去了。颂莲愣愣地站在那堆头发边上，手中的剪刀当地掉在地上。她自言自语地说了一声，我的手发抖，我病着呢。然后她把看热闹的用人都推出门去，你们在这儿干什么？还不快给二太太请医生去。

梅珊牵着飞澜的手，仍然留在房里。她微笑着看颂莲，颂莲避开她的目光。她操起芦花帚扫着地上的头发，听见梅珊忽然咯咯笑出了声音。颂莲说，你笑什么？梅珊睐了睐眼睛，我要是恨谁也会把她的耳朵剪掉，全部剪掉，一点不剩。颂莲沉下了脸，你这是什么意思？难道我是有意的吗？梅珊又嬉笑了一声，说，那只有天知道啦。

颂莲没再理睬梅珊，她兀自躺到床上去，用被子把头蒙住，她听见自己的心怦然狂跳。她不知道自己的心对那一剪刀负不负责任，反正谁都应该相信，她是无意的。这时候她听见梅珊隔着被子对她说话，梅珊说，卓云是慈善面孔蝎子心，她的心眼点子比谁都多。梅珊又说，我自知不是她对手，没准你能跟她斗一斗，这一点我头一次看见你就猜到了。颂莲在被子里动弹了一下，听见梅珊出乎意料地打开了话匣子。梅珊说，你想知道我和她生孩子的事情吗？梅珊说，我跟卓云差不多一起怀孕的我三个月的时候她差人在我的煎药里放了打胎药结果我命大胎儿没掉下来后来我们差不多同时临盆她又想先生孩子就花很多钱打外国催产针把阴道都撑破了结果还是我命大我先生了飞澜是个男的她竹篮打水一场空生了忆容不过是个小贱货还比飞澜晚了三个钟头呢。

天已寒秋，女人们都纷纷换上了秋衣，树叶也纷纷在清晨和深夜飘落在地，枯黄的一片覆盖了花园。几个女佣蹲在一起烧树叶，一股焦烟味弥漫开来，颂莲的窗口砰地打开，女佣们看见颂莲的脸因愤怒而涨得绯红。她抓着一把木梳在窗台上敲着，谁让你们烧树叶的？好好的树叶烧得那么难闻。女佣们便收起了笤帚箩筐，一个胆大的女佣说，这么多的树叶，不烧怎么弄？颂莲就把木梳从窗里砸到她的身上，颂莲喊，不准烧就是不准烧！然后她砰地关上了窗子。

四太太的脾气越来越大了。女佣们这么告诉毓如，她不让我们烧树叶,她的脾气怎么越来越大?毓如把女佣呵斥了一通,不准嚼舌头,轮不到你们来搬弄是非。毓如心里却很气,以往花园里的树叶每年都要烧几次的,难道来了个颂莲就要破这个规矩不成?女佣在一边垂手而立,说,那么树叶不烧了?毓如说,谁说不烧的?你们给我去烧,别理她好了。

女佣再去烧树叶,颂莲就没有露面,只是人去灰尽的时候见颂莲走出南厢房,她还穿着夏天的裙子,女佣说,她怎么不冷,外面的风这么大。颂莲站在一堆黑灰那里,呆呆地看了会儿,然后她就去中院吃饭了。颂莲的裙摆在冷风中飘来飘去,就像一只白色蝴蝶。

颂莲坐在饭桌旁,看他们吃。颂莲始终不动筷子。她的脸色冷静而沉郁,抱紧双臂,一副不可侵犯的样子。那天恰逢陈佐千外出,也是府中闹事的时机。飞浦说,咦,你怎么不吃?颂莲说,我已经饱了。飞浦说,你吃过了?颂莲鼻孔里哼了一声,我闻焦煳味已经闻饱了。飞浦摸不着头脑,朝他母亲看。毓如的脸就变了,她对飞浦说,你吃你的饭,管那么多呢。然后她放高嗓门,注视着颂莲:四太太,我倒是听你说说,那么多树叶堆在地上怎么弄?颂莲说,我不知道,我有什么资格料理家事?毓如说,年年秋天要烧树叶,从来没什么别扭，怎么你就比别人娇贵，那点烟味就受不了？颂莲说，树叶自己会烂掉的，用得着去烧吗？树叶又不是人。毓如说，你这是什么意思？莫名其妙的。颂莲说，我没什么意思，我还有一点不明白的，为什么要把树叶扫到后院来烧，谁喜欢闻那烟味就在谁那儿烧好了。毓如便听不下去了，她把筷子往桌上一拍，你也不拿个镜子照照，你颂莲在陈家算什么东西？好像谁亏待了你似的。颂莲站起来，目光矜持地停留在毓如蜡黄有点浮肿的脸上。说对了，我算个什么东西？颂莲轻轻地像在自言自语，她微笑着转过身离开，再回头时已经泪光盈盈，她说，天知道你们又算个什么东西？

整整一个下午，颂莲把自己关在室内，连雁儿端茶时也不给开门。颂莲独坐窗前，看见梳妆台上的那瓶雏菊已枯萎得发黑，她把那束菊花拿出来想扔掉，但她不知道往哪里扔，窗户紧闭着不再打开。颂莲抱着花在房间里踱着，她想来想去，结果打开衣橱，把花放了进去。外面秋风又起，是很冷的风，把黑暗一点点往花园里吹。她听见有人敲门。她以为是雁儿又端茶来，就敲了一下门背，烦死了，我不要喝茶。外面的人说，是我，我是飞浦。

颂莲想不到飞浦会来，她把门打开，倚门而立。你来干什么？飞浦的头发让风吹得很凌乱，他捋着头发，有点局促地笑了笑说，他们说你病了，来看看你。颂莲嘘了一声，谁生病啊，要死就死了，生病多磨人。飞浦径直坐到沙发上去，他环顾着房间，突然说，我以为你房间里有好多书。颂莲摊开双手，一本也没有，书现在对我没用了。颂莲仍然站着，她说，你也是来教训我的吗？飞浦摇着头，说，怎么会？我见这些事头疼。颂莲说，那么你是来打圆场的？我看不需要，我这样的人让谁骂一顿也是应该的。飞浦沉默了一会儿说，我母亲其实也没什么坏心，她天性就是固执呆板，你别跟她斗气，不值得。颂莲在房间里来回走着，走着突然笑起来，其实我也没想跟大太太斗气，真的，我也不知道自己是怎么回事，你觉得我可笑吗？飞浦又摇头，他咳嗽了一声，慢吞吞地说，人都一样，不知道自己的喜怒哀乐是怎么回事。

他们的谈话很自然地引到那支箫上去。我原来也有一支箫，颂莲说，可惜，可惜弄丢了。那么你也会吹箫啦？飞浦高兴地问。颂莲说，我不会，还没来得及学就丢了。飞浦说，我介绍个朋友教你怎么样？我就是跟他学的。颂莲笑着，不置可否的样子。这时候雁儿端着两碗红枣银耳羹进来，先送到飞浦手上。颂莲在一边说，你看这丫头对你多忠心，不用关照，自己就做好点心了。雁儿的脸羞得通红，把另外一碗往桌上一放就逃出去了。颂莲说，雁儿别走呀，大少爷有话跟你说，说着颂莲捂着嘴扑哧一笑。飞浦也笑，他用银勺搅着碗里的点心，说，你对她也太厉害了。颂莲说，你以为她是盏省油的灯？这丫头心贱，我这儿来了人，她哪回不在门外偷听？也不知道她害的什么糊涂心思。飞浦察觉到颂莲的不快，赶紧换了话题，他说，我从小就好吃甜食，像这红枣银耳羹什么的，真是不好意思，朋友们都说，女人才喜欢吃甜食。颂莲的神色却依旧是黯然，她开始摩挲自己的指甲玩，那指甲留得细长，涂了凤仙花汁，看上去像一些粉红的鳞片。喂，你在听我讲吗？飞浦说。颂莲说，听着呢，你说女人喜欢吃甜食，男人喜欢吃咸的。飞浦笑着摇摇头，站起身告辞。临走他对颂莲说，你这人有意思，我猜不透你的心。颂莲说，你也一样，我也猜不透你的心。

十二月初七，陈府门口挂起了灯笼，这天陈佐千过五十大寿。从早晨起前来祝寿的亲朋好友在陈家花园穿梭不息。陈佐千穿着飞浦赠送的一套黑色礼服在客厅里接待客人，毓如、卓云、梅珊、颂莲和孩子们则簇拥着陈佐千，与来去宾客寒暄。正热闹的时候，猛听见一声脆响，人们都朝一个地方看，看见一只半人高的花瓶已经碎伏在地。

原来是飞澜和忆容在那儿追闹，把花瓶从长几上碰翻了。两个孩子站在那儿面面相觑，知道闯了祸。飞澜先从害怕中惊醒，指着忆容说，是她撞翻的，不关我的事。忆容也连忙把手指到飞澜鼻子上，你追我，是你撞翻的。这时候陈佐千的脸已经幡然变色，但碍于宾客在场的缘故，没有发作。毓如走过来，轻声地然而又是浊重地嘀咕着，孽种，孽种。她把飞澜和忆容拽到外面，一人捆了一巴掌，晦气，晦气。毓如又推了飞澜一把，给我滚远点。飞澜便滚到地上哭叫起来，飞澜的嗓门又尖又亮，传到客厅里。梅珊先就奔了出来，她把飞澜抱住，睃了毓如一眼，说，打得好，打得好，反正早就看不顺眼，能打一下是一下。毓如说，你这算什么话？孩子闯了祸，你不教训一句倒还护着他？梅珊把飞澜往毓如面前推，说，那好，就交给你教训吧，你打呀，往死里打，打死了你心里会舒坦一些。这时卓云和颂莲也跑了出来。卓云拉过忆容，在她头上拍了一下，我的小祖奶奶，你怎么尽给我添乱呢？你说，到底谁打破的花瓶？忆容哭起来，不是我，我说了不是我，是飞澜撞翻了桌子。卓云说，不准哭，既然不是你你哭什么？老爷的喜日都给你们冲乱了。梅珊在一边冷笑了一声，说，三小姐小小年纪怎么撒谎不打愣？我在一边看得清清楚楚，是你的胳膊把花瓶带翻的。四个女人一时无话可说，唯有飞澜仍然一声声哭号着。颂莲在一边看了一会儿，说，犯不着这样，不就是一只花瓶吗？碎了就碎了，能有什么事？毓如白了颂莲一眼，你说得轻巧，这是一只瓶子的事吗？老爷凡事喜欢图吉利，碰上你们这些人没心没肝的，好端端的陈家迟早要败在你们手里。颂莲说，耶，怎么又是我的错了？算我胡说好了，其实谁想管你们的事？颂莲一扭身离开了是非之地，她往后花园走，路上碰到飞浦和他的一班朋友，飞浦问，你怎么走了？颂莲摸摸自己的额头，说，我头疼，我见了热闹场面头就疼。

颂莲真的头疼起来，她想喝水，但水瓶全是空的。雁儿在客厅帮忙，趁势就把这里的事情撂下了。颂莲骂了一声小贱货，自己开了炉门烧水。她进了陈家还是头一次干这种家务活，有点笨手拙脚的。在厨房里站了一会儿，她又走到门廊上，看见后花园此时寂静无比，人都热闹去了，留下一些孤寂，它们在枯枝残叶上一点点滴落，浸入颂莲的心。她又看见那架凋零的紫藤，在风中发出凄迷的絮语，而那口井仍然向她隐晦地呼唤着。颂莲捂住胸口，她觉得她在虚无中听见了某种启迪的声音。

颂莲朝井边走去，她的身体无比轻盈，好像在梦中行路一般。有一股植物腐烂的气息弥漫井台四周，颂莲从地上捡起一片紫藤叶子细看了看，把它扔进井里。她看见叶子像一片饰物似的浮在幽蓝的死水之上，把她的浮影遮盖了一块，她竟然看不见自己的眼睛。颂莲绕着井台转了一圈，始终找不到一个角度看见自己，她觉得这很奇怪，一片紫藤叶子，她想，怎么会？正午的阳光在枯井中慢慢地跳跃，变幻成一点点白光，颂莲突然被一个可怕的想象攫住，一只手，有一只手托住紫藤叶遮盖了她的眼睛，这样想着她似乎就真切地看见一只苍白的湿漉漉的手，它从深不可测的井底升起来，遮盖她的眼睛。颂莲惊恐地喊出了声音，手。手。她想反身逃走，但整个身体好像被牢牢地吸附在井台上，欲罢不能。颂莲觉得她像一株被风折断的花，无力地俯下身子，凝视井中。在又一阵的晕眩中她看见井水倏地翻腾喧响，一个模糊的声音自遥远的地方切入耳膜：颂莲，你下来。颂莲，你下来。

卓云来找颂莲的时候，颂莲一个人坐在门廊上，手里抱着梅珊养的波斯猫。卓云说，你怎么在这儿？开午宴了。颂莲说，我头晕得厉害，不想去。卓云说，那怎么行？有病也得去呀，场面上的事情，老爷再三吩咐你回去。颂莲说，我真的不想去，难受得快死了，你们就让我清静一会儿吧。卓云笑了笑，说，是不是跟毓如生气呀？没有，我没精神跟谁生气，颂莲露出了不耐烦的神情，她把怀里的猫往地上一扔，说，我想睡一会儿。卓云仍然赔着笑脸，那你就去睡吧，我回去告诉老爷就是了。

这一天颂莲昏昏沉沉地睡着，睡着也看见那口井、井中那片紫藤叶，她浑身沁出一身冷汗。谁知道那口井是什么？那片紫藤叶是什么？她颂莲又是什么？后来她懒懒地起来，对着镜子梳洗了一番。她看见自己的面容就像那片枯叶一样憔悴，毫无生气。她对镜子里的女人很陌生。她不喜欢那样的女人。颂莲深深地叹了一口气，这时候她想起了陈佐千和生日这些概念，心里对自己的行为不免后悔起来。她自责地想我怎么一味地耍起小性子来了，她深知这对她的生活是有害无益的，于是她连忙打开了衣橱门，从里面取出一条水灰色的羊毛围巾，这是她早就为陈佐千的生日准备的礼物。

晚宴上全部是陈家自己人了。颂莲进饭厅的时候看见他们都已落座。他们不等我就开桌了。颂莲这样想着走到自己的座位前，飞浦在对面招呼说，你好了？颂莲点点头，她偷窥陈佐千的脸色，陈佐千脸色铁板般阴沉，颂莲的心就莫名地跳了一下，她拿着那条羊毛围巾送到他面前：老爷，这是我的微薄之礼。陈佐千嗯了一声，手往边上的圆桌一指，放那边吧。颂莲抓着围巾走过去，看见桌上堆满了家人送的寿礼。一只金戒指、一件狐皮大衣、一只瑞士手表，都用红缎带扎着。颂莲的心又一次咯噔了一下，她觉得脸上一阵燥热。重新落座，她听见毓如在一边说，既是寿礼，怎么也不知道扎条红缎带？颂莲装作没听见，她觉得毓如的挑剔实在可恶，但是整整一天她确实神思恍惚、心不在焉。她知道自己已经惹恼了陈佐千，这是她唯一不想干的事情。颂莲竭力想着补救的办法，她应该让他们看到她在老爷面前的特殊地位，她不能做出卑贱的样子。于是颂莲突然对着陈佐千莞尔一笑，她说，老爷，今天是你的吉辰良日，我积蓄不多，送不出金戒指皮大衣，我再补送老爷一份礼吧。说着颂莲站起身走到陈佐千跟前，抱住他的脖子，在他脸上亲了一下，又亲了一下。桌上的人都呆住了，望着陈佐千。陈佐千的脸涨得通红，他似乎想说什么，又说不出什么，终于把颂莲一把推开，厉声道，众人面前你放尊重一点。

陈佐千这一手其实自然，但颂莲却始料不及，她站在那里，睁着茫然而惊惶的眼睛盯着陈佐千，好一会儿她意识到发生了什么，她捂住了脸，不让他们看见扑簌簌涌出来的眼泪。她一边往外走一边低低地碎帛似的哭泣，桌上的人听见颂莲在说：我做错了什么，我又做错了什么？

站在一边的女仆也目睹了发生在寿宴上的风波，她们敏感地意识到这将是颂莲在陈府生活的一大转折。到了夜里，两个女仆去门口摘走寿日灯笼，一个说，你猜老爷今天夜里去谁那儿？另一个想了会儿说，猜不出来，这种事还不是凭他的兴致来，谁能猜得到？

两个女人面对面坐着，梅珊和颂莲。梅珊是精心打扮过的，画了眉毛，涂了嫣丽的美人牌口红，一件华贵的裘皮大衣搭在膝上；而颂莲是懒懒的刚刚起床的样子，手指上夹着一支烟，虚着眼睛慢慢地吸。奇怪的是两个人都不说话，听墙上的挂钟嘀嗒嘀嗒地响，颂莲和梅珊各怀心事，好像两棵树面对面地各怀心事，这在历史上也是常见的。

梅珊说，我发现你这两天脾气坏了，是不是身上来了？

颂莲说，这跟那个有什么联系，我那个不准，也不知道什么时候来，什么时候又去了。

梅珊说，聪明女人这事却糊涂，这个月还没来？别是怀上了吧？

颂莲说，没有没有，哪有这事？

梅珊说，你照理应该有了，陈佐千这方面挺有能耐的，晚上你把小腰垫高一点，真的，不诓你。

颂莲说，梅珊你真是嘴没遮拦的，亏你说得出口。

梅珊说，不就这么回事，有什么可瞒瞒藏藏的，你要是不给陈家添个人丁，苦日子就在后面了。我们这样的人都一回事。

颂莲说，陈佐千这一阵子根本就没上我这里来，随便吧，我无所谓的。

梅珊说，你是没到那个火候，我就不，我跟他直说了，他只要超过五天不上我那里，我就找个伴。我没法过活寡日子。他在我那儿最辛苦，他对我又怕又恨又想要，我可不怕他。

颂莲说，这事多无聊，反正我都无所谓的，我就是不明白女人到底是个什么东西，女人到底算个什么东西，就像狗、像猫、像金鱼、像老鼠，什么都像，就是不像人。

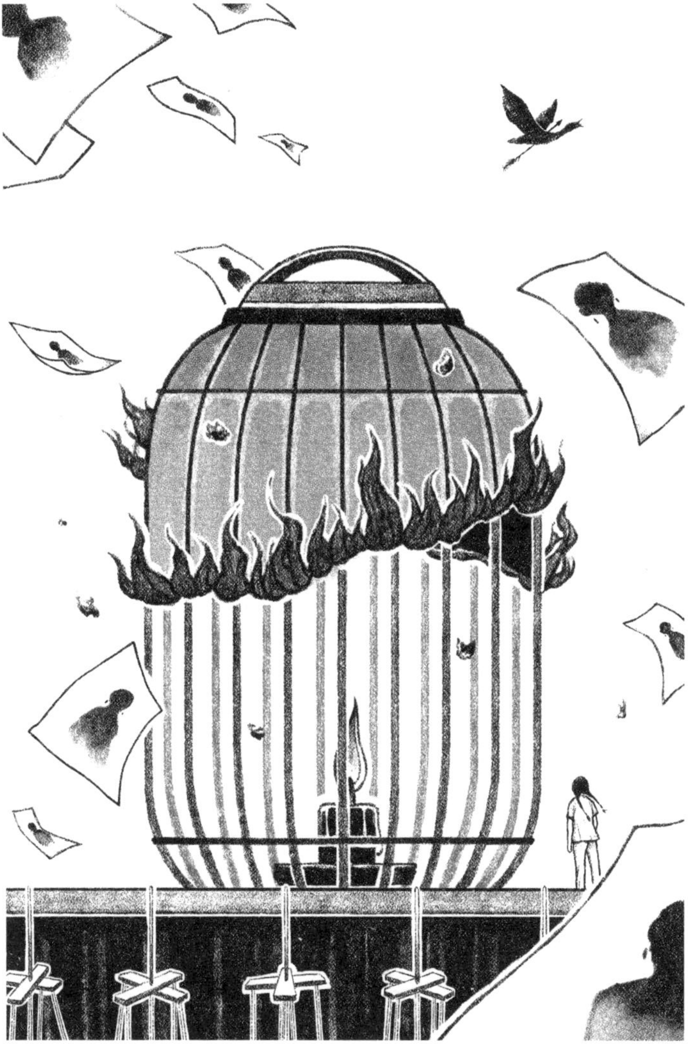

梅珊说，你别尽自己糟践自己，别担心陈佐千把你冷落了，他还会来你这儿的，你比我们都年轻，又水灵，又有文化，他要是抛下你去找毓如和卓云才是傻瓜呢，她们的腰快赶上水桶那样粗啦。再说当众亲他一下又怎么样呢？

颂莲说，你这人真讨厌，我不是这个意思，我是说我自己。

梅珊说，别去想那事了，没什么，他就是有点假正经，要是在床上，别说亲一下脸，就是亲他那儿他也乐意。

颂莲说，你别说了，真让人恶心。

梅珊说，那么你跟我上玫瑰戏院去吧，程砚秋来了，演《荒山泪》。怎么样，去散散心吧？

颂莲说，我不去，我不想出门，这心就那么一块，怎么样都是那么一块，散散心又能怎么样？

梅珊说，你就不能陪陪我，我可是陪你说了这么多话。

颂莲说，让我陪你有什么趣呢，你去找陈佐千陪你，他要是没工夫你就找那个医生嘛。

梅珊愣了一下，她的脸立刻挂下来了。梅珊抓起裘皮大衣和围脖起身，她逼近颂莲朝她盯了一眼，一扬手把颂莲嘴里衔着的香烟打在地上，又用脚踩了一下。梅珊厉声说，这可不是玩笑话，你要是跟别人胡说我就把你的嘴撕烂了。我不怕你们，我谁也不怕，谁想害我都是痴心妄想！

飞浦果然领了一个朋友来见颂莲，说是给她请的吹箫老师。颂莲反而手足无措起来，她原先并没把学箫的事情当真。定睛看那个老师，一个皮肤白皙留平头的年轻男子，像学生又不像学生，举手投足有点腼腆拘谨。通报了名字，原来是此地丝绸大王顾家的三公子。颂莲从窗子里看见他们过来，手拉手的。颂莲觉得两个男子手拉手地走路，有一种新鲜而古怪的感觉。

看你们两个多要好，颂莲抿着嘴笑，我还没见过两个大男人手拉手走路呢。飞浦的样子有点窘，他说，我们从小就认识，在一个学堂念书的。再看顾家少爷，更是脸红红的。颂莲想这位老师有意思，动辄脸红的男人不知是什么样的男人。颂莲说，我长这么大，就没交上一个好朋友。飞浦说，这也不奇怪，你看上去孤傲，不太容易接近吧。颂莲说，冤枉了，我其实是孤而不傲，要傲总得有点资本吧。我有什么资本傲呢？

飞浦从一个黑绸箫袋里抽出那支箫，说，这支送你吧，本来也是顾少爷给我的,借花献佛啦。颂莲接过箫来看了看顾少爷,顾少爷颔首而笑。颂莲把箫搁在唇边,胡乱吹了一个音,说,就怕我笨,学不会。顾少爷说,吹箫很简单的,只要用心,没有学不会的道理。颂莲说,就怕我用不上那份心,我这人的心像沙子一样散的,收不起来。顾少爷又笑了,那就困难了,我只管你的箫,管不了你的心。飞浦坐下来,看看颂莲,又看看顾少爷,目光中闪烁着他特有的温情。

箫有七孔,一个孔是一份情调,缀起来就特别优美,也特别感伤,吹箫人就需要这两种感情。顾少爷很含蓄地看着颂莲说,这两种感情你都有吗?颂莲想了想说,恐怕只有后一种。顾少爷说,有也就不错了,感伤也是一份情调,就怕空,就怕你心里什么也没有,那就吹不好箫了。颂莲说,顾少爷先吹一曲吧,让我听听箫里有什么。顾少爷也不推辞,直起箫便吹。颂莲听见一丝轻婉柔美的箫声流出来,如泣如诉的。飞浦坐在沙发上闭起了眼睛,说,这是《秋怨曲》。

毓如的丫鬟福子就是这时候来敲窗的,福子尖声喊着飞浦:大少爷,太太让你去客厅见客呢。飞浦说,谁来了?福子说,我不知道,太太让你快去。飞浦皱了皱眉头说,叫客人上这儿来找我。福子仍然敲着窗,喊,太太一定要你去,你不去她要骂死我的。飞浦轻轻骂了一声,讨厌。他无可奈何地站起来,又骂,什么客人? 见鬼。顾少爷持箫看着飞浦,疑疑惑惑地问,那这箫还教不教? 飞浦挥挥手说,教呀,你在这儿,我去看看就是了。

剩下颂莲和顾少爷坐在房里,一时不知说什么好。颂莲突然微笑了一声说,撒谎。顾少爷一惊,你说谁撒谎? 颂莲也醒过神来,不是说你,说她,你不懂的。顾少爷有点坐立不安,颂莲发现他的脸又开始红了,她心里又好笑,大户人家的少爷也有这样薄脸皮的,爱脸红无论如何也算是条优点。颂莲就带有怜悯地看着顾少爷,颂莲说,你接着吹呀,还没完呢。顾少爷低头看看手里的箫,把它塞回墨绸箫袋里,低声说,完了,这下没情调了,曲子也就吹完了。好曲就怕败兴,你懂吗? 飞浦一走,箫就吹不好了。

顾少爷很快就起身告辞了。颂莲送他到花园里,心里忽然对他充满感激之情,又不宜表露,她就停步按了按胸口,屈膝道了个万福。顾少爷说,什么时候再学箫? 颂莲摇了摇头:不知道。顾少爷想了想说,看飞浦安排吧,又说,飞浦对你很好,他常在朋友面前夸你。颂莲叹了口气,他对我好有什么用? 这世界上根本就没人可以依靠。

颂莲刚回屋里，卓云就风风火火闯进来，说飞浦和大太太吵起来了。颂莲先是愣了一下，接着就冷笑道，我就猜到是这么回事。卓云说，你去劝劝吧。颂莲说，我去劝算什么？人家是母子，随便怎么吵，我去劝算什么呢？卓云说，你难道不知道他们吵架是为你？颂莲说，耶，这就更奇怪了，我跟他们井水不犯河水，干吗要把我缠进去？卓云斜睨着颂莲，你也别装糊涂了，你知道他们为什么吵。颂莲的声音不禁尖厉起来，我知道什么？我就知道她容不得谁对我好，她把我看成什么人了？难道我还能跟她儿子有什么吗？颂莲说着眼里又沁出泪花，真无聊，真可恶。她说，怎么这样无聊？卓云的嘴里正嗑着瓜子，这会儿她把手里的瓜子壳塞给一边站着的雁儿，卓云笑着推颂莲一把，你也别发火，身正不怕影子斜，无事不怕鬼敲门，怕什么呀？颂莲说，让你这么一说，我倒好像真有什么怕的了。你爱劝架你去劝好了，我懒得去。卓云说，颂莲你这人心够狠的，我是真见识了。颂莲说，你太抬举我了，谁的心也不能掏出来看，谁心狠谁自己最清楚。

第二天颂莲在花园里遇到飞浦。飞浦无精打采地走着，一路走一路玩着一只打火机。飞浦装作没有看见颂莲，但颂莲故意高声地喊住了他。颂莲一如既往地跟他站着说话。她问，昨天来的什么客人，害得我箫也没学成。飞浦苦笑了一声：别装糊涂了，今天满园子都在传我跟太太吵架的事。颂莲又问，你们吵什么呢？飞浦摇了摇头，一下一下地把打火机打出火来，又吹熄了，他朝四周潦草地看了看，说，待在家里时间一长就令人生厌，我想出去跑了，还是在外面好，又自由，又快活。颂莲说，我懂了，闹了半天，你还是怕她。飞浦说，不是怕她，是怕烦，怕女人，女人真是让人可怕。颂莲说，你怕女人？那你怎么不怕我？飞浦说，对你也有点怕，不过好多了，你跟她们不一样，所以我喜欢去你那儿。

后来颂莲老想起飞浦漫不经心说的那句话，你跟她们不一样。颂莲觉得飞浦给了她一种起码的安慰，就像若有若无的冬日阳光，带着些许暖意。

以后飞浦就极少到颂莲房里来了，他在生意上好像也做得不顺当，总是闷闷不乐的样子。颂莲只有在饭桌上才能看到他，有时候眼前就浮现出梅珊和医生的腿在麻将桌下做的动作，她忍不住地偷偷朝桌下看，看她自己的腿，会不会朝那面伸过去。想到这件事她心里又害怕又激动。

这天飞浦突然来了，站在那儿搓着手，眼睛看着自己的脚。颂莲见他半天不开口，扑哧笑了：你葫芦里卖的什么药，怎么不说话？飞浦说，我要出远门了。颂莲说，你不是经常出远门的吗？飞浦说，这回是去云南，做一笔烟草生意。颂莲说，那有什么，只要不是鸦片生意就行。飞浦说，昨天有个高僧给我算卦，说我此行凶多吉少。本来我从不相信这一套，但这回我好像有点相信了。颂莲说，既然相信就别去，听说那里土匪特别多，割人肉吃。飞浦说，不去不行，一是我想出门，二是为了进账，陈家老这样下去会坐吃山空。老爷现在有点糊涂，我不管谁管？颂莲说，你说得在理，那就去吧，大男人整天窝在家里也不成体统。飞浦搔着头沉默了一会儿，突然说，我要是去了回不来，你会不会哭？颂莲就连忙去捂他的嘴，别自己咒自己。飞浦抓住颂莲的手，翻过来，又翻过去研究，说，我怎么不会看手纹呢？什么名堂也看不出来。也许你命硬，把什么都藏起来了。颂莲抽出了手，说，别闹，让雁儿看见了会乱嚼舌头。飞浦说，她敢，我把她的舌头割了熬汤喝。

颂莲在门廊上跟飞浦说拜拜，看见顾少爷在花园里转悠。颂莲问飞浦，他怎么在外面？飞浦笑笑说，他也怕女人，跟我一样的。又说，他跟我一起去云南。颂莲做了个鬼脸，你们两个倒像夫妻了，形影不离的。飞浦说，你好像有点嫉妒了，你要想去云南我就把你也带上，你去不去？颂莲说，我倒是想去，就是行不通。飞浦说，怎么行不通？颂莲搡了他一把，别装傻，你知道为什么行不通。快走吧，走吧。她看见飞浦跟顾少爷从月牙门里走出去，消失了。她说不清自己对这次告别的感觉是什么，无所谓或者怅怅然的，但有一点她心里明白，飞浦一走她在陈家就更加孤独了。

陈佐千来的时候颂莲正在抽烟。她回头看见他时的第一个反应就是把烟掐灭。她记得陈佐千说过讨厌女人抽烟。陈佐千脱下帽子和外套，等着颂莲过去把它们挂到衣架上去。颂莲迟迟疑疑地走过去，说，老爷好久没来了。陈佐千说，你怎么抽起烟来了？女人一抽烟就没有女人味了。颂莲把他的外套挂好，把帽子往自己头上一扣，嬉笑着说，这样就更没有女人味了，是吗？陈佐千就把帽子从她头上捞过来，自己挂到衣架上。他说，颂莲你太调皮了。你调皮起来太过分，也不怪人家说你。颂莲立刻说，说什么？谁说我？到底是人家还是你自己，人家乱嚼舌头我才不在乎，要是老爷你也容不下我，那我只有一死干净了。陈佐千皱了下眉头说，好了好了，你们怎么都一样，说着说着就是死，好像日子过得多凄惨似的，我最不喜欢这一套。颂莲就去摇陈佐千的肩膀，既不喜欢，以后不说死就是了，其实好端端的谁说这些，都是伤心话。陈佐千把她搂过来坐到他腿上，那天的事你伤心了？主要是我情绪不好，那天从早到晚我心里乱极了，也不知道为什么，男人过五十岁生日大概都高兴不起来。颂莲说，哪天的事呀？我都忘了。陈佐千笑起来，在她腰上掐了一把，说，哪天的事？我也忘了。

隔了几天不在一起，颂莲突然觉得陈佐千的身体很陌生，而且有一股薄荷油的味道，她猜到陈佐千这几天是在毓如那里的，只有毓如喜欢擦薄荷油。颂莲从床边摸出一瓶香水，朝陈佐千身上细细地洒过了，然后又往自己身上洒了一些。陈佐千说，从哪儿学来的这一套。颂莲说，我不让你身上有她们的气味。陈佐千踢了踢被子，说，你还挺霸道。颂莲说了一声，想霸道也霸道不起呀。忽然又问，飞浦怎么去云南了？陈佐千说，说是去做一笔烟草生意，随他去。颂莲又说，他跟那个顾少爷怎么那样好？陈佐千笑了一声，说，那有什么奇怪的，男人与男人之间的有些事你不懂的。颂莲无声地叹了一口气，她摸着陈佐千精瘦的身体，脑子里倏地浮现出一个秘不可告人的念头。她想，飞浦躺在被子里会是什么样子？

作为一个具有了性经验的女人，颂莲是忘不了这特殊的一次的。陈佐千已经汗流浃背了，却还是徒劳。她敏锐地发现了陈佐千眼睛里深深的恐惧和迷乱。这是怎么啦？她听见他的声音变得软弱胆怯起来。颂莲的手指像水一样地在他身上流着，她感觉到手下的那个身体像经过了爆裂终于松弛下去，离她越来越远。她明白在陈佐千身上发生了某种悲剧，心里有一种奇怪的感情，不知是喜是悲，她觉得自己很茫然。她摸了下陈佐千的脸说，你是太累了，先睡一会儿吧。陈佐千摇着头说，不是不是，我不相信。颂莲说，那怎么办呢？陈佐千犹豫了一会儿，说，有个办法可能行，就是不知道你肯不肯？颂莲说，只要你高兴，我没有不肯的道理。陈佐千的脸贴过去，咬着颂莲的耳朵，他先说了一句话，颂莲没听懂，他又说一遍，颂莲这回听懂了，她无言以对，脸羞得极红。她翻了个身，看着黑暗中的某个地方，忽然说了一句，那我不成了一条狗了吗？陈佐千说，我不强迫你，你要是不愿意就算了。颂莲还是不语，她的身体像猫一样蜷起来，然后陈佐千就听见了一阵低低的啜泣，陈佐千说，不愿意就不愿意，也用不到哭呀。没想到颂莲的啜泣越来越响，她蒙住脸放声哭起来。陈佐千听了一会儿，说，你再哭我走了。颂莲依然哭泣，陈佐千就掀了被子跳下床，他一边穿衣服一边说，没见过你这种女人，做了婊子还立什么贞节牌坊？

陈佐千拂袖而去。颂莲从床上坐起来，面对黑暗哭了很长时间，她看见月光从窗帘缝隙间投到地上，冷冷的一片，很白很淡的月光。她听见自己的哭声还萦绕在她的耳边，没有消逝，而外面的花园里一片死寂。这时候她想起陈佐千临走说的那句话，浑身便颤得很厉害，她猛地拍了一下被子，对着黑暗的房间喊，谁是婊子，你们才是婊子。

这年冬天在陈府是不寻常的，种种迹象印证了这一点。陈家的四房太太偶尔在一起说起陈佐千时脸上不免流露暧昧的神色，她们心照不宣，各怀鬼胎。陈佐千总是在卓云房里过夜，卓云平日的状态就很好，另外的三位太太观察卓云的时候，毫不掩饰眼睛里的疑点，那么卓云你是怎么伺候老爷过夜的呢？

有些早晨，梅珊在紫藤架下披上戏装重温舞台旧梦，一招一式唱念做都很认真，花园里的人们看见梅珊的水袖在风中飘扬，梅珊舞动的身影也像一个俏丽的鬼魅。

四更鼓哇

满江中啊人声寂静

形吊影影吊形我加倍伤情

细思量啊

真是个红颜薄命

可怜我数年来含羞忍泪

枉落个娼妓之名

到如今退难退我进又难进

倒不如葬鱼腹了此残生

杜十娘啊拼一个香消玉殒

纵要死也死一个朗朗清清

  颂莲听得入迷，她朝梅珊走过去，抓住她的裙裾，说，别唱了，再唱我的魂要飞了，你唱的什么？梅珊撩起袖子擦掉脸上的红粉，坐到石桌上，只是喘气。颂莲递给她一块丝帕，说，看你脸上擦得红一块白一块的，活脱脱像个鬼魂。梅珊说，人跟鬼就差一口气，人就是鬼，鬼就是人。颂莲说，你刚才唱的什么？听得人心酸。梅珊说，《杜十娘》，我离开戏班子前演的最后一出戏就是这。杜十娘要寻死了，唱得当然心酸。颂莲说，什么时候教我唱唱这一段？梅珊瞄了颂莲一眼，说得轻巧，你也想寻死吗？你什么时候想寻死我就教你。颂莲被呛得说不出话，她呆呆地看着梅珊被油彩弄脏的脸，她发现她现在不恨梅珊，至少是现在不恨，即使她出语伤人。她深知梅珊和毓如再加上她自己，现在有一个共同的仇敌，就是卓云。颂莲只是不屑于表露这种意思。她走到废井边，弯下腰朝井里看了看，忽然笑了一声，鬼，这里才有鬼呢，你知道是谁死在这井里吗？梅珊依然坐在石桌上不动，她说，还能是谁？一个是你，一个是我。颂莲说，梅珊你老开这种玩笑，让人头皮发冷。梅珊笑起来说，你怕了，你又没偷男人，怕什么，偷男人的都死在这井里，陈家好几代了都是这样。颂莲朝后退了一步，说，多可怕，是推下去的吗？梅珊甩了甩水袖，站起来说，你问我我问谁，你自己去问那些鬼魂好了。梅珊走到废井边，她也朝井里看了会儿，然后她一字一句念了个道白：屈、死、鬼、哪——

她们在井边断断续续说了一会儿话，不知怎么就说到了陈佐千的暗病上去。梅珊说，油灯再好也有个耗尽的时候，就怕续不上那一壶油哪。又说，这园子里阴气太旺，损了阳气也是命该如此，这下可好，他陈佐千陈老爷占着茅坑不拉屎，苦的是我们，夜夜守空房。说着就又说到了卓云，梅珊咬牙切齿地骂，她那一身贱肉反正是跟着老爷抖你看她抖得多欢恨不得去舔他的屁眼说又甜又香她以为她能兴风作浪看我什么时候狠狠治她一下叫她又哭爹又喊娘。

颂莲却走神了，她每次到废井边总是摆脱不了梦魇般的幻觉。她听见井水在很深的地层翻腾，送上来一些亡灵的语言，她真的听见了，而且感觉到井里泛出冰冷的瘴气，湮没了她的灵魂和肌肤。我怕。颂莲这样喊了一声转身就跑，她听见梅珊在后面喊，喂你怎么啦你要是去告密我可不怕我什么也没说过。

这天忆云放学回家是一个人回来的，卓云马上就意识到了什么，她问，忆容呢？忆云把书包朝地上一扔说，她让人打伤了，在医院呢。卓云也来不及细问，就带了两个男仆往医院赶。他们回家已是晚饭时分，忆容头上缠着绷带，被卓云抱到饭桌上。吃饭的人都放下筷子，过来看忆容头上的伤。陈佐千平日最宠爱的就是忆容，他把忆容又抱到自己腿上，问，告诉我是谁打的，明天我扒了他的皮。忆容哭丧着脸，说了一个男孩的名字。陈佐千怒不可遏，他是谁家的孩子？

竟敢打我的女儿。卓云在一边抹着眼泪说，你问她能问出什么名堂来？明天找到那孩子，才能问个仔细，哪个丧尽天良的禽兽不如的东西，对孩子下这样的毒手？毓如微微皱了下眉头，说，吃你们的饭吧，孩子在学堂里打架也是常有的事，也没伤着要害，养几天就好了。卓云说，大太太你也说得太轻巧了，差一点就把眼睛弄瞎了，孩子细皮嫩肉的受得了吗？再说，我倒不怎么怪罪孩子，气的是指使他的那个人，要不然，没冤没仇的，那孩子怎么就会从树后面蹿出来，抡起棍子就朝忆容打？梅珊只顾往碗里舀鸡汤，一边说，二太太的心眼也太多，孩子间闹别扭，有什么道理好讲？不要疑神疑鬼的，搞得谁也不愉快。卓云冷冷地说，不愉快的事在后面呢，这口气怎么咽得下去？我倒是非要搞个水落石出不可。

谁也想不到的是，第二天吃午饭的时候，卓云领了一个男孩进了饭厅，男孩胖胖的，拖着鼻涕。卓云跟他低声说了句什么，男孩就绕着饭桌转了一圈，挨个看着每个人的脸，突然他就指着梅珊说，是她，她给了我一块钱。梅珊朝天翻了翻眼睛，然后推开椅子，抓住男孩的衣领，你说什么？我凭什么给你一块钱？男孩死命挣脱着，一边嚷嚷，是你给了我一块钱，让我去揍陈忆容和陈忆云。梅珊啪地打了男孩一个耳光，放屁，我根本就不认识你个小兔崽子，谁让你来诬陷我的？这时候卓云上去把他们拉开，佯笑着说，行了，就算他认错了人，我心中有个数就行了。说着就把男孩推出了饭厅。

梅珊的脸色很难看，她把勺子朝桌上一扔，说，不要脸。卓云就在这边说，谁不要脸谁心里清楚，还要我把丑事抖个干净啊。陈佐千终于听不下去了，一声怒喝，不想吃饭给我滚，都给我滚！

这事的前后过程颂莲是个局外人，她冷眼观察，不置一词。事实上从一开始她就猜到了梅珊，她懂得梅珊这种品格的女人，爱起来恨起来都疯狂得可怕。她觉得这事残忍而又可笑，完全不加理智，但奇怪的是，她内心同情的是梅珊，而不是无辜的忆容，更不是卓云。她想女人是多么奇怪啊，女人能把别人琢磨透了，就是琢磨不透她自己。

颂莲的身上又来了，没有哪次比这回更让颂莲焦虑和烦躁了。那摊紫红色的污血对于颂莲是一种无情的打击。她心里清楚，她怀孕的可能随着陈佐千的冷淡和无能变得可望而不可即。如果这成了事实，那么她将孤零零地像一叶浮萍似的在陈家花园漂流下去吗？

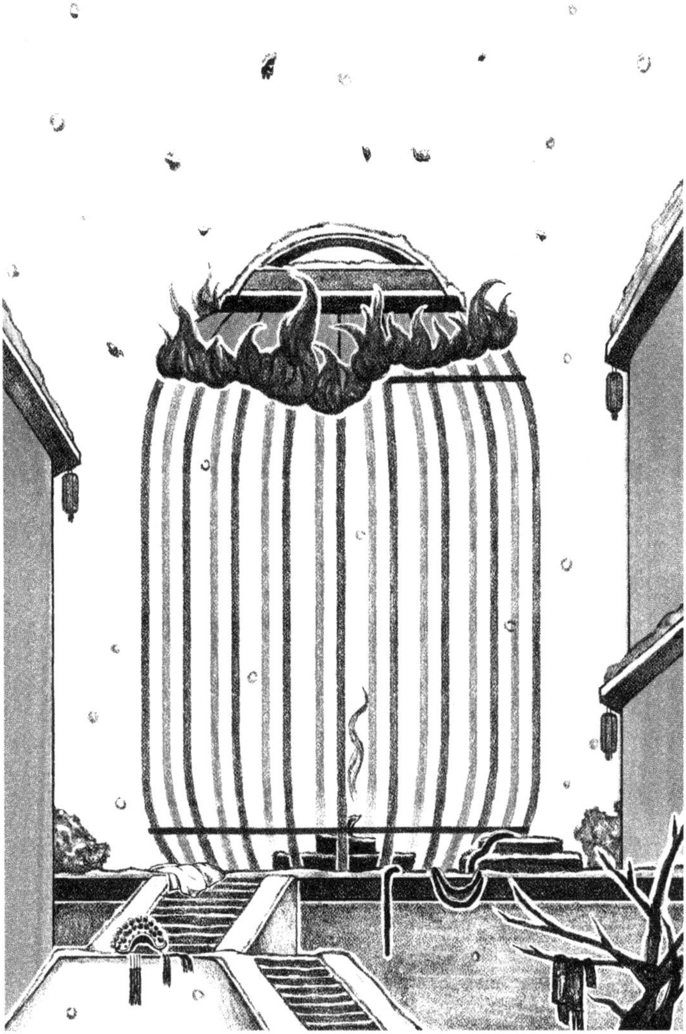

颂莲发现自己愈来愈容易伤感，苦泪常沾衣襟。颂莲流着泪走到马桶间去，想把污物扔掉。当她看见马桶里浮着一张被浸烂的草纸时，就骂了一声，懒货。雁儿好像永远不会用新式的抽水马桶，她方便过后总是忘了冲水。颂莲刚要放水冲，一种超常的敏感和多疑使她萌生一念，她找到一柄刷子，皱紧了鼻子去拨那团草纸。草纸摊开后原形毕露，上面有一个模糊的女人，虽然被水涸烂了，但草纸上的女人却一眼就能分辨，而且是用黑红色的不知什么血画的。颂莲明白，画的又是她，雁儿又换了个法子偷偷对她进行恶咒。她巴望我死，她把我扔在马桶里。颂莲浑身颤抖着把那张草纸捞起来，她一点也不嫌脏了，浑身的血液都被雁儿的恶行点得火烧火燎。她夹着草纸撞开小偏屋的门，雁儿靠着床在打盹。雁儿说，太太你要干什么？颂莲把草纸往她脸上摔过去，雁儿说，什么东西？等到她看清楚了，脸就灰了，嗫嚅着说，不是我用的。颂莲气得说不出话，盯视的目光因愤怒而变得绝望。雁儿缩在床上不敢看她，说，画着玩的。不是你。颂莲说，你跟谁学的这套阴毒活？你想害死我你来当太太是吗？雁儿不敢吱声，抓了那张草纸要往窗外扔。颂莲尖声大喊，不准扔！雁儿回头申辩，这是脏东西，留着干吗？颂莲抱着双臂在屋里走着,留着自然有用。有两条路随你走。一条路是明了,把这脏东西给老爷看,给大家看,我不要你来伺候了,你哪儿是伺候我?你是来杀我来了。还有一条路是私了。雁儿就怯怯地说,怎么私了?你让我干什么都行,就是别撵我走。颂莲莞尔一笑,私了简单,你把它吃下去。雁儿一惊,太太你说什么?颂莲侧过脸去看着窗外,一字一顿地说,你把它吃下去。雁儿浑身发软,就势蹲了下去,蒙住脸哭起来,那还不如把我打死好。颂莲说,我没劲打你,打你脏了我的手。你也别怨我狠,这叫作以其人之道还治其人之身,书上说的,不会有错。雁儿只是蹲在墙角哭,颂莲说,你这会儿又要干净了,不吃就滚蛋,卷铺盖去吧。雁儿哭了很长时间,突然抹了下眼睛,一边哽咽一边说,我吃,吃就吃。然后她抓住那张草纸就往嘴里塞,发出一阵撕心裂肺的干呕声。颂莲冷冷地看着,并没有什么快感,她不知怎么感到寒心,而且反胃得厉害。贱货。她厌恶地看了一眼雁儿,离开了小偏房。

雁儿第二天就病了,病得很厉害,医生来看了,说雁儿得了伤寒。颂莲听了心里像被什么钝器割了一下,隐隐作痛。消息不知怎么透露了出去,用人们都在谈论颂莲让雁儿吞草纸的事情，说看不出来四太太比谁都阴损，说雁儿的命大概也保不住了。

陈佐千让人把雁儿抬进了医院。他对管家说，尽量给她治，花费全由我来，不要让人骂我们不管下人死活。抬雁儿的时候，颂莲躲在房间里，她从窗帘缝里看见雁儿奄奄一息地躺在担架上，她的头皮因为大量掉发而裸露着，模样很吓人。她感觉到雁儿枯黄的目光透过窗帘，很沉重地刺透了她的心。后来陈佐千到颂莲房里来，看见颂莲站在窗前发呆。陈佐千说，你也太阴损了，让别人说尽了闲话，坏了陈家名声。颂莲说，是她先阴损我的，她天天咒我死。陈佐千就恼了，你是主子，她是奴才，你就跟她一般见识？颂莲一时语塞，过了会儿又无力地说，我也没想把她弄病，她是自己害了自己，能全怪我吗？陈佐千挥挥手，不耐烦地说，别说了，你们谁也不好惹，我现在见了你们头就疼。你们最好别再给我添乱了。说完陈佐千就跨出了房门，他听见颂莲在后面幽幽地说，老天，这日子让我怎么过？陈佐千回过头回敬她说，随你怎么过，你喜欢怎么过就怎么过，就是别再让用人吃草纸了。

一个被唤作宋妈的老女佣,来颂莲这儿伺候。据宋妈自己说,她在陈府里从十五岁干到现在,差不多大半辈子了,飞浦就是她抱大的,还有在外面读大学的大小姐,也是她抱大的。颂莲见她倚老卖老,有心开个玩笑,那么陈老爷也是你抱大的喽。宋妈也听不出来话里的味道,笑起来说,那可没有,不过我是亲眼见他娶了四房太太。娶毓如大太太的时候他才十九岁,胸前佩了一个大金片儿,大太太也佩了一个,足有半斤重啊。到娶卓云二太太,就换了个小金片儿,到娶梅珊三太太,就只是手上各戴几个戒指,到了娶你,就什么也没见着了,这陈家可见是一天不如一天了。颂莲说,既然陈家一天不如一天,你还在这儿干什么?宋妈叹口气说,在这里伺候惯了,回老家过清闲日子反而过不惯了。颂莲捂嘴一笑,她说,你要是说的真心话,那这世上当真就有奴才命了。宋妈说,那还有假?人一生下来就有富贵命奴才命,你不信也得信呀,你看我天天伺候你,有一天即使天塌下来地陷下去,只要我们活着,就是我伺候你,不会是你伺候我的。

宋妈是个愚蠢而唠叨的女佣。颂莲对她不无厌恶,但是在许多穷极无聊的夜晚,她一个人枯坐灯下,时间长了就想找个人说话。颂莲把宋妈喊到房间里陪着她说话,一仆一主的谈话琐碎而缺乏意义，颂莲一会儿就又厌烦了，她听着宋妈的唠叨，思想会跑到很远很奇怪的角落去。她其实不听宋妈说话，光是觉得老女佣黄白的嘴唇像虫卵似的蠕动，她觉得这样打发夜晚实在可笑，但又问自己，不这样又能怎么样呢？

有一回就说起了从前死在废井里的女人。宋妈说，最后一个是四十年前死的，是老太爷的小姨太太，我还伺候过那个小姨太太半年的光景。颂莲说，怎么死的？宋妈神秘地眯眯眼睛，还不是男男女女的事情？家丑不可外扬，否则老爷要怪罪的。颂莲说，那么说我是外人了？好吧，别说了，你去睡吧。宋妈看看颂莲的脸色，又赔笑脸说，太太你真想听这些脏事？颂莲说，你说我就听，这有什么了不得的？宋妈就压低嗓门说，一个卖豆腐的！她跟一个卖豆腐的私通。颂莲淡淡地说，怎么会跟卖豆腐的呢？宋妈说，那男人豆腐做得很出名，厨子让他送豆腐来，两个人就撞上了。都是年轻血旺的，眉来眼去地就勾搭上了。颂莲说，谁先勾搭谁呀？宋妈嘻地一笑说，那只有鬼知道了，这先后的事说不清，都是男的咬女的，女的咬男的。颂莲又问，怎么知道他们私通的？宋妈说，探子！陈老爷养了探子呀。那姨太太说是头疼去看医生，老太爷要喊医生上门来，她不肯。老太爷就疑心了，派了探子去跟踪。也怪她谎撒得不圆。到了那卖豆腐的家里，挨到天黑也不出来。探子开始还不敢惊动，后来饿得难受，就上去把门一脚踹开了，说，你们不饿我还饿呢。宋妈说到这里就咯咯笑起来。颂莲看着宋妈笑得前仰后合的。她不笑，端坐着说了声，恶心。颂莲点了一支烟，猛吸了几口，忽然说，那么她是偷了男人才跳井的？宋妈的脸上又有了讳莫如深的表情，她轻声说，鬼知道呢，反正是死在井里了。

夜里颂莲因此就添了无名的恐惧，她不敢关灯睡觉。关上灯周围就黑得可怕，她似乎看见那口废井跳跃着从紫藤架下跳到她的窗前，看见那些苍白的泛着水光的手在窗户上向她张开，湿漉漉地摇晃着。

没人知道颂莲对废井传说的恐惧，但她晚上亮灯睡觉的事却让毓如知道了。毓如说了好几次，夜里不关灯，再厚的家底都会败光的。颂莲对此充耳不闻，她发现自己已经倦怠于女人间的嘴仗，她不想申辩，不想占上风，不想对鸡毛蒜皮的小事表示任何兴趣。她想的东西不着边际，漫无目的，连她自己也理不出头绪。她想没什么可说的干脆不说，陈家人后来却发现颂莲变得沉默寡言，他们推测那是因为她失宠于陈老爷的缘故。

眼看就要过年了,陈府上上下下一片忙碌,杀猪宰牛搬运年货。窗外天天是嘈杂混乱。颂莲独坐室内,忽然想起了自己的生日,自己的生日和陈佐千只相差五天,十二月十二。生日早已过去了,她才想起来,不由得心酸酸的,她掏钱让宋妈上街去买点卤菜,还要买一瓶四川烧酒。宋妈说,太太今天是怎么啦?颂莲说,你别管我,我想尝尝醉酒的滋味。然后她就找了一个小酒盅,放在桌上,人坐下来盯着那酒盅看,好像就看见了二十年前那个小女婴的样子,被陌生的母亲抱在怀里。其后的二十年时光却想不清晰,只有父亲浸泡在血水里的那只手,仍然想抬起来抚摸她的头发。颂莲闭上眼睛,然后脑子里又是一片空白,唯一清楚的就是生日这个概念。生日。她抓起酒盅看着杯底,杯底上有一点褐色的污迹,她自言自语,十二月十二,这么好记的日子怎么会忘掉的?除了她自己,世界上就没人知道十二月十二是颂莲的生日了。除了她自己,也不会有人来操办她的生日宴会了。

宋妈去了好久才回来,把一大包卤肺、卤肠放到桌上。颂莲说,你怎么买这些东西,脏兮兮的谁吃?宋妈很古怪地打量着颂莲，突然说，雁儿死了，死在医院里了。颂莲的心立刻哆嗦了一下，她镇定着自己，问，什么时候死的？宋妈说，不知道，光听说雁儿临死喊你的名字。颂莲的脸有些白，喊我的名字干什么？难道是我害死她的？宋妈说，你别生气呀，我是听人说了才告诉你。生死是天命，怪不着太太。颂莲又问，现在尸体呢？宋妈说，让她家里人抬回乡下去了，一家人哭哭啼啼的，好可怜。颂莲打开酒瓶，闻了闻酒气，淡淡地说了一句，也没什么好哭的，活着受苦，死了干净。死了比活着好。

颂莲一个人呷着烧酒，朦朦胧胧听见一阵熟悉的脚步声，门帘被哗地一掀，闯进来一个黑黝黝的男人。颂莲转过脸朝他望了半天，才认出来，竟然是大少爷飞浦。她急忙用台布把桌上的酒菜一股脑地全部盖上，不让飞浦看到，但飞浦还是看见了，他大叫，好啊，你居然在喝酒。颂莲说，你怎么就回来了？飞浦说，不死总要回家来的。飞浦多日不见变化很大，脸发黑了，人也粗壮了些，神色却显得很疲惫的样子。颂莲发现他的眼圈下青青的一轮，角膜上可见几缕血丝，这同他的父亲陈佐千如出一辙。

你怎么喝起酒来了，借酒浇愁吗？

愁是酒能消得掉的吗？我是自己在给自己祝寿。

你过生日？你多大了？

管他多大呢，活一天算一天。你要不要喝一杯？给我祝祝寿。

我喝一杯，祝你活到九十九。

胡诌。我才不想活那么长，这恭维话你对老爷说去。

那你想活多久呢？

看情况吧，什么时候不想活就不活了，这也简单。

那我再喝一杯，我让你活得长一点，你要死了那我在家里就找不到说话的人了。

两个人慢慢地呷着酒，又说起那笔烟草生意。飞浦自嘲地说，鸡飞蛋打，我哪里是做生意的料子，不光没赚到，还赔了好几千，不过这一圈玩得够开心。颂莲说，你的日子已经够开心的了，哪儿有不开心的事？飞浦又说，你可别去告诉老爷，否则他又训人。颂莲说，我才懒得掺和你们家的事，再说，他现在见我就像见一块破抹布，看都不看一眼。我怎么会去向他说你的不是？

颂莲酒后说话时不再平静了，她话里的明显的感情倾向是对着飞浦来的。飞浦当然有所察觉。飞浦的内心开放了许多柔软的花朵,他的脸现在又红又热。他从皮带扣上解下一个鲜艳的绘有龙凤图案的小荷包,递给颂莲,说,这是我从云南带回来的,给你做个生日礼物吧。颂莲瞥了一眼小荷包,诡谲地一笑说,只有女的送荷包给情郎,哪儿有反过来的道理呀?飞浦有点窘迫,突然从她手里夺回荷包说,你不要就还给我,本来也是别人送我的。颂莲说,好啊,虚情假意的,拿别人的信物来糊弄我,我要是拿了不脏了我的手?飞浦重新把荷包挂在皮带上,讪讪地说,本来就没打算给你,骗骗你的。颂莲的脸就有点沉下来了,我是被骗惯了,谁都来骗我,你也来骗我玩。飞浦低下头,偶尔偷窥一下颂莲的表情,沉默不语了。颂莲突然又问,谁送的荷包?飞浦的膝盖上下抖了几下,说,那你就别问了。

两个人坐着很虚无地呷酒。颂莲把酒盅在手指间转着玩,她看见飞浦现在就坐在对面,他低下头,年轻的头发茂密乌黑,脖子刚劲傲慢地挺直,而一些暗蓝的血管在她的目光里微妙地颤动着。颂莲的心里很潮湿,一种陌生的欲望像风一样灌进身体,她觉得喘不过气来,意识中又出现了梅珊和医生的腿在麻将桌下交缠的画面。颂莲看见了自己修长姣好的双腿,它们像一道漫坡而下的细沙一样向下塌陷,它们温情而热烈地靠近目标。这是飞浦的脚、膝盖，还有腿，现在她准确地感受了它们的存在。颂莲的眼神迷离起来，她的嘴唇无力地启开，嚅动着。她听见空气中有一种物质碎裂的声音，或者这声音仅仅来自她的身体深处。飞浦抬起了头，他凝视颂莲的眼睛里有一种激情汹涌澎湃着，身体尤其是双脚却僵硬地维持原状。飞浦一动不动。颂莲闭上眼睛，她听见一粗一细两种呼吸紊乱不堪，她把双腿完全贴紧了飞浦，等待着什么发生。好像是许多年一下子过去了，飞浦缩回了膝盖，他像被击垮似的歪在椅背上，沙哑地说，这样不好。颂莲如梦初醒，她嗫嚅着，什么不好？飞浦把双手慢慢地举起来，作了一揖，不行，我还是怕。他说话时脸痛苦地扭曲了。我还是怕女人。女人太可怕。颂莲说，我听不懂你的话。飞浦就用手搓着脸说，颂莲我喜欢你，我不骗你。颂莲说，你喜欢我却这样待我。飞浦几乎是哽咽了，他摇着头，眼睛始终躲避着颂莲，我没法改变了，老天惩罚我，陈家世代男人都好女色，轮到我不行了，我从小就觉得女人可怕，我怕女人。特别是家里的女人都让我害怕。只有你我不怕，可是我还是不行，你懂吗？颂莲早已潸然泪下，她背过脸去，低低地说，我懂了，你也别解释了，现在我一点也不怪你，真的，一点也不怪你。

　　颂莲醉酒是在飞浦走了以后，她面色酡红，在房间里手舞足蹈、摔摔打打的。宋妈进来按不住她，只好去喊陈老爷陈佐千来。陈佐千一进屋就被颂莲抱住了，颂莲满嘴酒气，嘴里胡言乱语。陈佐千问宋妈，她怎么喝起酒来了？宋妈说，我怎么会知道，她有心事能告诉我吗？陈佐千差宋妈去毓如那里取醒酒药，颂莲就叫起来，不准去，不准告诉那老巫婆。陈佐千很厌恶地把颂莲推到床上，看你这副疯样，不怕让人笑话。颂莲又跳起来，勾住陈佐千的脖子说，老爷今晚陪陪我，我没人疼，老爷疼疼我吧。陈佐千无可奈何地说，你这样我怎么敢疼你？疼你还不如疼条狗。

　　毓如听说颂莲醉酒就赶来了。毓如在门口念了几句阿弥陀佛，然后上来把颂莲和陈佐千拉开。她问陈佐千，给她灌药？陈佐千点点头。毓如想摁着颂莲往她嘴里塞药，被颂莲推了个趔趄。毓如就喊，你们都动手呀，给这个疯货点厉害。陈佐千和宋妈也上来架着颂莲，毓如刚把药灌下去，颂莲就啐出来，啐了毓如一脸。毓如说，老爷你怎么不管她？这疯货要翻天了。陈佐千拦腰抱住颂莲，颂莲却一下软瘫在他身上，嘴里说，老爷别走，今天你想干什么都行，舔也行，摸也行，干什么都依你，只要你别走。陈佐千气恼得说不出话，毓如听不下去，冲过来打了颂莲一记耳光，无耻的东西，老爷你把她宠成什么样子了！

南厢房闹成了一锅粥，花园里有人跑过来看热闹。陈佐千让宋妈堵住门，不让人进来看热闹。毓如说，出了丑就出个够，还怕让人看？看她以后怎么见人？陈佐千说，你少插嘴，我看你也该灌点醒酒药。宋妈捂着嘴强忍住笑，走到门廊上去把门，看见好多人在窗外探头探脑的。宋妈看见大少爷飞浦把手插在裤袋里，慢慢地朝这里走。她正想让不让飞浦进去呢，飞浦转了个身，又往回走了。

下了头一场大雪，萧瑟荒凉的冬日花园被覆盖了兔绒般的积雪，树枝和屋檐都变得玲珑剔透、晶莹透明起来。陈家几个年幼的孩子早早跑到雪地上堆了雪人，然后就在颂莲的窗外跑来跑去追逐，打雪仗玩。颂莲还听见飞澜在雪地上摔倒后尖声啼哭的声音。还有刺眼的雪光泛在窗户上的色彩。还有吊钟永不衰弱的嘀嗒声。一切都是真切可感，但颂莲仿佛去了趟天国，她不相信自己活着，又将一如既往地度过一天的时光了。

夜里她看见了死者雁儿，死者雁儿是一个秃了头的女人，她看见雁儿在外面站着推她的窗户，一次一次地推。她一点不怕。她等着雁儿残忍的报复。她平静地躺着。她想窗户很快会被推开的。雁儿无声地走进来了，戴着一种头发套子，绾成有钱太太的圆髻。颂莲说，你上哪儿买的头发套子？雁儿说，在阎王爷那儿什么都有。然后颂莲就看见雁儿从髻后抽出一根长簪，朝她胸口刺过来。她感觉到一阵刺痛，人就飞速往黑暗深处坠落。她肯定自己死了，千真万确地死了，而且死了那么长时间，好像有几十年了。

颂莲披衣坐在床上，她不相信死是个梦。她看见锦缎被子上真的插了一根长簪，她把它摊在手心上，冰凉冰凉。这也是千真万确的，不是梦。那么，我怎么又活了呢，雁儿又跑到哪里去了呢？

颂莲发现窗子也一如梦中那般半掩着，从室外穿来的空气新鲜清冽，但颂莲辨别了窗户上雁儿残存的死亡气息。下雪了，世界就剩下一半了。另外一半看不见了，它被静静地抹去，也许这就是一场不彻底的死亡。颂莲想我为什么死到一半又停止了呢，真让人奇怪。另外的一半在哪里？

梅珊从北厢房出来，她穿了件黑貂皮大衣走过雪地，仪态万千容光焕发的美貌,改变了空气的颜色。梅珊走过颂莲的窗前,说,女酒鬼,酒醒了?颂莲说,你出门?这么大的雪。梅珊拍了拍窗子,雪大怕什么?只要能快活,下刀子我也要出门。梅珊扭着腰肢走过去,颂莲不知怎么就朝她喊了一句,你要小心。梅珊回头对颂莲嫣然一笑,颂莲对此印象极深。事实上这也是颂莲最后一次看见梅珊迷人的笑靥。

梅珊是下午被两个家丁带回来的。卓云跟在后面,一边走一边嗑着瓜子。事情说到结果是最简单的了,梅珊和医生在一家旅馆里被卓云堵在被窝里,卓云把梅珊的衣服全部扔到外面去,卓云说,你这臭婊子,你怎么跑得出我的手心?

这天颂莲看着梅珊出去又回来,一前一后却不是同一个梅珊。梅珊是被人拖回北厢房去的,梅珊披头散发、双目怒睁,骂着拖拽她的每一个人。她骂卓云,我活着要把你一刀一刀削了,死了也要挖你的心喂狗吃。卓云一声不吭,只顾嗑着瓜子。飞澜手里抓着梅珊掉落的一只皮鞋,一路跑一路喊,鞋掉啰,鞋掉啰。颂莲没有看见陈佐千,陈佐千后来是一个人进北厢房去的,那时候北厢房已经被反锁上了。

颂莲无心去隔壁张望,她怀着异样沉重的心情谛听着梅珊的动静。她很想知道陈佐千会怎么处置梅珊。但是隔壁没有丝毫的动静。一个家丁守在门口,摇着一串钥匙,开锁,关锁。陈佐千又出来了,他站在那里朝花园雪景张望了一番,然后甩了甩手,朝南厢房走过来。

好大的雪,瑞雪兆丰年哪。陈佐千说。陈佐千的脸比预想的要平静得多。颂莲甚至感觉到他的表现里有一种真实的轻松。颂莲倚在床上,直盯着陈佐千的眼睛,她从中另外看到了一丝寒光,这使她恐惧不安。颂莲说,你们会把梅珊怎么样?陈佐千掏出一根象牙牙签剔着牙,他说,我们能把她怎么样?她自己知道应该怎么样。颂莲说,你们放她一马吧。陈佐千笑了一声说,该怎么样就怎么样。

颂莲彻夜未眠,心乱如麻。她时刻谛听着隔壁的动静,心里想的都是自己的事情。每每想到自己,一切却又是一片空白,正好像窗外的雪,似有似无,有一半真实,另外一半却是融化的虚幻。到了午夜时分,颂莲忽然又听见了梅珊在唱她的京戏,有点不相信自己的耳朵,屏息再听,真的是梅珊在受难夜里唱她的京戏。

叹红颜薄命前生就

美满姻缘付东流

薄幸冤家音信无有

啼花泣月在暗里添愁

枕边泪呀共那阶前雨

隔着窗儿点滴不休

山上复有山

何日里大道还

那欲化望夫石一片

要寄回文只字难

总有这角枕锦衾明似绮

只怕那孤眠不抵半床寒

整个夜里后花园的气氛很奇特，颂莲辗转难眠，后来又听见飞澜的哭叫声，似乎有人把他从北厢房抱走了。颂莲突然再也想不出梅珊的容貌，只是看见梅珊和医生在麻将桌下交缠着的四条腿，不断地在眼前晃动，又依稀觉得它们像纸片一样单薄，被风吹起来了。好可怜，颂莲自言自语着，听见院墙外响起了第一声鸡啼，鸡啼过后世界又是一片死寂。颂莲想我又要死了，雁儿又要来推窗户了。

颂莲迷迷糊糊半睡半醒着。这是凌晨时分,窗外一阵杂沓的脚步声惊动了颂莲,脚步声从北厢房朝紫藤架那里去。颂莲把窗帘掀开一条缝,看见黑暗中晃动着几个人影,有个人被他们抬着朝紫藤架那里去。凭感觉颂莲知道那是梅珊,梅珊无声地挣扎着被抬着朝紫藤架那里去。梅珊的嘴被堵住了,喊不出声音。颂莲想他们要干什么,他们把梅珊抬到那里去想干什么。黑暗中的一群人走到了废井边,他们围在井边忙碌了一会儿,颂莲就听见一声沉闷的响声,好像井里溅出了很高很白的水珠。是一个人被扔到井里去了。是梅珊被扔到井里去了。

大概静默了两分钟,颂莲发出了那声惊心动魄的狂叫。陈佐千闯进屋子的时候看见她光着脚站在地上,拼命揪着自己的头发。颂莲一声声狂叫着,眼神暗淡无光,面容更是像一张白纸。陈佐千把她架到床上,他清楚地意识到这是颂莲的末日,她已经不是昔日那个女学生颂莲了。陈佐千把被子往她身上压,说,你看见了什么?你到底看见了什么?颂莲说,杀人。杀人。陈佐千说,胡说八道,你看见了什么?你什么也没有看见。你已经疯了。

第二天早晨,陈家花园爆出了两条惊人的新闻。从第二天早晨起，本地的人们，上至绅士淑女阶层，下至普通百姓，都在谈论陈家的事情，三太太梅珊含羞投井，四太太颂莲精神失常。人们普遍认为梅珊之死合情合理，奸夫淫妇从来没有好下场。但是好端端的年轻文静的四太太颂莲怎么就疯了呢？熟知陈家内情的人说，那也很简单，兔死狐悲罢了。

第二年春天，陈佐千陈老爷娶了第五位太太文竹。文竹初进陈府，经常看见一个女人在紫藤架下枯坐，有时候绕着废井一圈一圈地转，对着井中说话。文竹看她长得清秀脱俗、干干净净，不太像疯子，问边上的人说，她是谁？人家就告诉她，那是原先的四太太，脑子有毛病了。文竹说，她好奇怪，她跟井说什么话？人家就复述颂莲的话，我不跳，我不跳。她说她不跳井。

颂莲说她不跳井。

红　粉

她不喜欢这种冷清的生活,她希望有人到家里来。

五月的一个早晨，从营队里开来的一辆越野卡车停在翠云坊的巷口。浓妆艳抹的妓女们陆续走出来，爬上卡车的后车厢。旁观的人包括在巷口摆烧饼摊的、卖香烟的和卖白兰花的几个小贩。除此之外，有一个班的年轻士兵荷枪站在巷子两侧，他们像树一样保持直立的姿态。

最后出来的是喜红楼的秋仪和小萼。秋仪穿着花缎旗袍和高跟鞋，她倚着门，弯腰把长筒袜子从小腿上往上捋。后面的是小萼，她明显是刚刚睡醒，披头散发的，眼圈下有一道黑印。秋仪拉着小萼的手走到烧饼摊前。摊主说，秋小姐，今天还吃不吃烧饼了？秋仪说，吃，怎么不吃？她随手拿了两块，递了一块给小萼。小萼朝卡车上的人望着，她说，我不想吃，我们得上去了。秋仪仍然站着，慢慢地从钱包里找零钱，最后她把烧饼咬在嘴里，一边吃一边朝卡车前走，秋仪说，怎么不想吃？死刑犯杀头前还要吃顿好饭呢。

等到她们爬上车时，卡车已经嗡嗡地发动了。车上一共载了十五六个妓女，零落地站着或者坐着。在一个角落里堆着几只皮箱和包裹。秋仪和小萼站在栏杆边上，朝喜红楼的窗口望去，一条水绿色的内裤在竹竿上随风飘动。小萼说，刚才忘收了，不知道会不会下雨。秋仪说，别管那么多了，去了那儿让不让回来还不知道呢。小萼黯然地低下头，她说，把我们拉去到底干什么？秋仪说，说是检查性病，随便吧，反正我也活腻了，就是杀头我也不怕。

卡车驶过了城市狭窄的坑坑洼洼的路面，一些熟悉的饭店、舞厅和烟馆、赌场呼啦啦地闪过去。妓女们心事重重，没有人想对她们的未来发表一点见解。红旗和标语在几天之内覆盖了所有街道以及墙上的美人广告，从妓女们衣裙上散发的脂粉香味在卡车的油烟中很快地稀释。街道对面的一所小学操场上，许多孩子在练习欢庆锣鼓。而大隆机器厂的游行队伍正好迎面过来，工人们挥舞纸旗唱着从北方流传过来的新歌。有人指着翠云坊过来的卡车嬉笑,还有一个人从队伍里蹦起来,朝卡车上的人吐了一口唾沫。

猪猡!妓女们朝车下骂。直到这时气氛才松弛下来,她们都挤到车挡板边上,齐声斥骂那个吐唾沫的人。但是卡车也突然加速了,拉开了妓女们与街上人群的距离,她们发现卡车正在朝城北开。秋仪看见老浦从一家茶叶店出来,上了黄包车。她就朝老浦挥手,老浦没有发现什么,秋仪又喊起来,老浦,我走啦。老浦没有听见,他的瘦长的身形越缩越小,秋仪只记得老浦那天穿着银灰色西服,戴着一顶礼帽。

临时医院设在城北的一座天主教堂里,圆形拱门和窗玻璃上仍然可见不规则的弹洞,穿着白褂的军医和护士在台阶上出出进进。有个军官站在楼梯上大声喊,翠云坊来的人都上楼去!

翠云坊的妓女们列队在布帘外等候,里面有个女声在叫着妓女们的名字,她说,一个一个来,别着急。秋仪扑哧一笑,她说,谁着急了?又不是排队买猪蹄髈。妓女们都笑起来,有人说,真恶心,好像劁猪一样的。压队的军官立刻把枪朝说话的人晃了晃,他说,不准胡说八道,这是为你们好。

他的神态很威严，妓女们一下就噤声不语了。

很快叫到了小萼。小萼站着不动，她的神情始终恍恍惚惚的，秋仪搡了她一把，叫你进去呢。小萼就势抓住秋仪的手不放，她说，我怕，要不我俩一起进去。秋仪说，你怕什么？你又没染上什么脏病，让他们检查好了，不就是脱一下吗？小萼的嘴唇哆嗦着，好像快哭出来了。秋仪跺了跺脚说，没出息的货，那我就陪你进去吧。

小萼蜷缩在床上，她从小就害怕医生和酒精的气味。女军医的脸捂在口罩后面，只露出一双淡漠的细长的眼睛。她等着小萼自己动手，但小萼紧紧捂着内裤，她说，我没病，我不要检查。女军医说，都要检查，不管你有病没病。小萼又说，我身上正来着呢，多不方便。女军医不耐烦地皱了皱眉头，你这人怎么这样麻烦？那只戴着橡皮手套的手就毫不留情地伸了过来。这时候，小萼听见那边的秋仪很响地放了一个屁。她朝那边看看，秋仪朝她挤了挤眼睛。那边的女军医尖声叫了句讨厌。秋仪翻了个身说，难道屁也不让放了吗？胀死了谁负责？小萼不由得捂住嘴笑了。布帘外面的人也一齐笑起来，紧接着响起那个年轻军官的声音，不准嘻嘻哈哈，你们以为这儿是窑子吗？

其他楼里有几个女孩被扣留了,她们坐在一张条椅上,等候处理。有人在嘤嘤哭泣,一个叫瑞凤的女孩专心致志地啃着指甲,然后把指甲屑吐在地上。她们被查明染上了病,而另外的妓女开始陆续走下教堂的台阶。

秋仪和小萼挽着手走。小萼的脸苍白无比,她环顾着教堂的破败建筑,掏出手绢擦拭着额角,然后又擦脖颈、手臂和腿。小萼说,我觉得我身上脏透了。秋仪说,你知道吗?我那个屁是有意放的,我心里憋足了气。小萼说,以后怎么办?你知道他们会把我们弄到哪里去?秋仪叹了口气说,谁知道?听说要让我们去做工。我倒是不怕,我担心你吃不了那个苦。小萼摇了摇头,我也不怕,我就是不知道以后的日子该怎么过,心里发慌。

那辆黄绿色的大卡车仍然停在临时医院门口,女孩们已经坐满了车厢。秋仪走到门口脸色大变,她说,这下完了,他们不让回翠云坊了。小萼说,那怎么办?我还没收拾东西呢。秋仪轻声说,我们躲一躲再说。秋仪拉着小萼悄悄转到了小木房的后面。小木房后面也许是士兵们解决大小便的地方,一股强烈的尿臊味呛得她们捂住了鼻子。她们没有注意到茅草丛里蹲着一个士兵,士兵只有十八九岁,长着红润的圆脸，他一手拉裤子，一手用步枪指着秋仪和小萼，小萼吓得尖叫了一声。她们只好走出去，押车的军官高声喊着，快点快点，你们两个快点上车。

秋仪和小萼重新站到了卡车上。秋仪开始咒骂不迭，她对押车的军官喊，要杀人吗？要杀人也该打个招呼，不明不白地把我们弄到哪里去？军官不动声色地说，你喊什么，我们不过是奉命把你们送到劳动训练营去。秋仪跺着脚说，可是我什么也没带，一文钱也没有，三角裤也没有换的，你让我怎么办？军官说，你什么也不用带，到了那里每人都配给一套生活必需品。秋仪说，谁要你们的东西，我要带上我自己的，金银首饰、旗袍丝袜，还有月经带，你们会给我吗？这时候军官沉下了脸，他说，我看你最不老实，再胡说八道就一枪崩了你。

小萼紧紧捏住秋仪的手，她说，你别说了，我求求你别再说了。秋仪说，我不信他敢开枪。小萼呜咽起来，都到这步田地了，还要那些东西干什么？横竖是一刀，随他去吧。远远地可以看见北门的城墙了，城墙上插着的红旗在风中款款飘动。车上的女孩们突然意识到卡车将把她们抛出熟稔而繁华的城市，有人开始号啕大哭。长官，让我们回去！这样的央求声此起彼伏。而年轻的军官挺直腰板站在一侧，面孔铁板，丝毫不为所动。靠近他的女孩能感觉到他的呼吸非常急促，并且夹杂着一种浓重的蒜臭味。

卡车经过北门的时候放慢了速度。秋仪当时手心沁出了许多冷汗，她用力握了握小萼的手指，纵身一跃，跳出了卡车，小萼看见秋仪的身体在城门砖墙上蹭了一下，又弹回到地上。事情发生得猝不及防，车上响起一片尖叫声。小萼惊呆了，紧接着的反应就是去抓年轻军官的手，别开枪，放了她吧。小萼这样喊着，看见秋仪很快从地上爬起来，她把高跟鞋踢掉了，光着双脚，一手撩起旗袍角飞跑。秋仪跑得很快，眨眼工夫就跑出城门洞消失不见了。年轻军官朝天放了一次空枪，小萼听见他用山东话骂了一句不堪入耳的脏话：操不死的臭婊子。

一九五〇年暮春，小萼来到了位于山洼里的劳动训练营。这也是小萼离开家乡横山镇后涉足的第二个地方。训练营是几排红瓦白墙的平房，周围有几棵桃树。当她们抵达的时候，粉红色的桃花开得正好，也就是这些桃花使小萼感到了一丝温暖的气息，在桃树前她终于止住了啜泣。

四面都是平缓逶迤的山坡，有一条土路通往山外，开阔地上没有铁丝网，但是路口矗立着一座高高的哨楼，士兵就站在哨楼上瞭望营房的动静。瑞凤一来就告诉别人，她以前来过这里，那会儿是日本兵的营房。小萼说，你来这里干什么？瑞凤咬着指甲说，陪他们睡觉呀，我能干啥？

宿舍里没有床，只有一条用砖砌成的大通铺。军官命令妓女们自由选择，六个人睡一条铺。瑞凤对小萼说，我们挨着睡吧。小萼坐在铺上，看着土墙上斑驳的水渍和蜘蛛网，半晌说不出话。她想起秋仪，秋仪不知逃到哪里去了，如果她在身边，小萼的心情也许会好得多。这些年来秋仪在感情上已经成为小萼的主心骨，什么事情她都依赖秋仪，秋仪不在她就更加心慌。

在训练营的第一夜，妓女们夜不成寐。铺上有许多跳蚤和虱子，墙洞里的老鼠不时地跳上妓女们的脸，宿舍里的尖叫和咒骂声响成一片。瑞凤说，这他妈哪里是人待的地方？有人接茬说，本来就没把你当人看，没有一枪崩了就算便宜你了。瑞凤又说，让我们来干什么，陪人睡觉吗？妓女们笑起来，都说瑞凤糊涂透顶。半夜里有人对巡夜的哨兵喊，睡不着呀，给一片安眠药吧！哨兵离得远远地站着，他恶声恶气地说，让你们闹，明天就让你们干活去。你们以为上这儿来享福吗？让你们来是劳动改造脱胎换骨的。睡不着？睡不着就别睡！

改造是什么意思？瑞凤问小萼。

我不懂。小萼摇了摇头，我也不想弄懂。

什么意思？就是不让你卖了。有个妓女嘻嘻地笑着说，让你做工，让你忘掉男人，以后再也不敢去拉客。

到了凌晨的时候，小萼迷迷糊糊地睡了一会儿，这期间她连续做了好几个噩梦。直到后来妓女们一个个地坐到尿桶上去，那些声音把她惊醒了。小萼的身体非常疲乏，好像散了架。她靠在墙上，侧脸看着窗外。一株桃花的枝条斜陈窗前，枝上的桃花蕊里还凝结着露珠。小萼就伸出手去摘那些桃花，这时候她听见从哨楼那里传来了一阵号声。小萼打了个冷战，她清醒地意识到一种新的陌生的生活已经开始了。

秋仪回到喜红楼时，天已经黑透了。门口的灯笼摘掉了，秋仪站在黑暗中拢了拢凌乱的头发。楼门紧闭着，里面隐约传来搓麻将牌的声音。秋仪敲了很久，鸨母才出来开门，她很吃惊地说，怎么放你回来了？秋仪也不答话，径直朝里走。鸨母跟在后面说，你是逃回来的？你要是逃回来的可不行，他们明天肯定还要上门，现在外面风声很紧。秋仪冷笑了一声说，我都不怕，你怕什么？我不过是回来取我的东西。鸨母说，取什么东西？你的首饰还有细软刚才都被当兵的没收了。秋仪噔噔地爬上楼梯，她说，别跟我来这一套，你吞了我的东西就不怕天打雷劈？

房间里凌乱不堪，秋仪的首饰盒果然找不到了，她就冲到客厅里，对打麻将的四个人说，怎么，现在就开始把我的首饰当筹码了？鸨母仍然在摸牌，她说，秋仪你说话也太过分了，这么多年我待你像亲生女，我会吞你的血汗钱吗？秋仪不屑地一笑，她说，那会儿你指望我赚钱，现在树倒猢狲散，谁还不知道谁呀？鸨母沉下脸说，你不相信可以去找，我没精神跟你吵架。秋仪说，我也没精神，不过我这人不是好欺的主，什么事我都敢干。鸨母厉声说，你想怎么样？秋仪抱着臂绕着麻将桌走了一圈，突然说，点一把火最简单了，省得我再看见这个臭烘烘的破窑子。鸨母冷笑了一声，她说，谅你也没这个胆子，你就不怕我喊人挖了你的小×喂狗吃。秋仪说，我怕什么，我十六岁进窑子就没怕过什么，挖×算什么？挖心也不怕！

秋仪奔下楼去，她从墙上撕下一张画就到炉膛里去引火，打麻将的人全跑过来拉扯秋仪的手。秋仪拼命地挥着那卷火苗喊，烧了，烧了，干脆把这窑子烧光，大家都别过了。拉她的人说，秋仪你疯了吗？秋仪说，我是疯了，我十六岁进窑子就疯了。楼下正乱作一团时，鸨母从楼梯上扔下一个小包裹，气急败坏地说，都在里面了，拿着滚蛋吧，滚吧。

后来秋仪夹着小包裹走出了翠云坊。夜已经深了，街上静寂无人。秋仪走到街口，一种前所未有的悲怆之情袭上心头。回头看看喜红楼，小萼的内裤仍然在夜空中飘动。她很为小萼的境况担忧，但是秋仪无疑顾不上许多了。短短几日内物是人非，女孩们都被永远地逐出了翠云坊。在一盏昏黄的路灯下，秋仪辨认了一下方向。她决定去城北寻找老浦，不管怎么样，老浦应该是她投靠的第一个人选。

老浦住在电力公司的单身公寓里。秋仪到那里时，守门人刚刚打开铁门。守门人告诉秋仪说，老浦不在，老浦经常夜不归宿。秋仪说，没关系，我上楼去等他。秋仪想，她其实比守门人更了解老浦。

秋仪站在老浦的房门前，耐心地等候。公寓里的单身职员们陆续拿着毛巾和茶杯走进盥洗间。有人站在水池前回头仔细地看秋仪的脸，然后说，好像是翠云坊来的。秋仪只当没听见，她掏出一支香烟慢慢地吸着，心里猜测着老浦的去向。老浦也许去茶楼喝早茶了，也许搭上了别的楼里的姑娘，他属于那种最会吃喝玩乐的男人。

你怎么上这儿来了？正等得心焦时，老浦回来了。老浦掏出钥匙打开门，一只手就把秋仪拉了进来。

没地方去了。秋仪坐到沙发上，说，解放军把翠云坊整个封了，一卡车人全部拖到山沟里，我是跳车逃走的。

我听说了。老浦皱了皱眉头，他盯着秋仪说，那么你以后准备怎么办？

天知道该怎么办。现在外面风声还紧，他们在抓人，抓去做苦工，我才不去做工。这一阵我就在你这儿躲一躲了，老浦，我跟你这点情分总归有吧？

这点忙我肯定要帮。老浦把秋仪抱到他腿上，又说，不过这儿人多眼杂，我还是把你接到我家里去吧，对外人就说是新请的保姆。

为什么要这样作践人，就不能说是新婚的太太吗？秋仪搂住老浦的脖子亲了一下，又在他背上捶了一拳。

好吧，你愿意怎样就怎样。老浦的手轻柔地拎起秋仪的旗袍朝内看看，嘴里嘘了一口气，他说，秋仪，我见你就没命，你把我的魂给抢走啦。

秋仪朝地上啐了一口,她说,甜言蜜语我不稀罕,我真想拿个刀子把你们男人的心挖出来看看,看看是什么样子、什么颜色。说不定挖出来的是一摊烂泥,那样我也就死了心了。

两个人在无锡馄饨馆吃了点三鲜馄饨和小笼包,在路上拦了一辆黄包车。老浦说,现在我就带你回家。秋仪用一块丝巾蒙住半个脸,挽着老浦的手经过萧条而紊乱的街市。电影院仍然在放映好莱坞的片子,广告画上的英雄和美女一如既往地情意绵绵。秋仪指着广告说,你看那对男女,假的。老浦不解地问,什么假的?秋仪说,什么都是假的,你对我好是假的,我讨你欢心也是假的,他们封闭翠云坊也是假的,我就不相信男人会不喜欢逛窑子,把我们撵散了这世界就干净了吗?

黄包车颠簸着来到一条幽静的街道上,老浦指着一座黄色的小楼说,那是我家,是我父亲去世前买的房产,现在就我母亲带一个用人住,空了很多房间。秋仪跳下车,她问老浦,我该怎么称呼你母亲?老浦说,你叫她浦太太好了。秋仪说,咳,我就不会跟女人打交道。她知道我的身份吗?最好她也干过我这行，那就好相处了。老浦的脸马上就有点难看，他说，你别胡说八道。我母亲是很有身份的人，见了她千万收敛点，你就说是我的同事，千万别露出马脚。秋仪笑了笑，这可难说，我这人不会装假。

浦太太坐在藤椅上打毛线。秋仪一见她的又大又亮的眼睛，心里就虚了三分。长着这种马眼的女人大凡都是很厉害的。见面的仪式简单而局促，秋仪心不在焉地左顾右盼，她始终感觉到浦太太尖锐的目光在她的全身上下敲敲打打的，浦太太的南腔北调的口音在秋仪听来也很刺耳。

女佣把秋仪领到楼上的房间，房间显然空关已久了，到处积满灰尘。女佣说，小姐先到会客间坐坐，我马上来打扫。秋仪挥挥手，你下去吧，等会儿我自己来打扫。秋仪把窗户拉开朝花园里俯视，老浦和浦太太还站在花园里说话。秋仪听见浦太太突然提高嗓门说，你别说谎了，我一眼就看得出她是什么货色，你把这种女人带回家，就不怕别人笑话！秋仪知道这是有意说给她听的。她不在乎，她从小就是这样，不在乎别人怎么说她，说了也是白说。

从早晨到傍晚，小萼每天要缝三十条麻袋。其他人也一样,这是规定的任务,缝不完的不能擅自下工。这群年轻女人挤在一间昔日的军械库里缝麻袋,日子变得冗长而艰辛。那些麻袋是军用物资,每天都有卡车来把麻袋运出劳动营去。

小萼看见自己的纤纤十指结满了血泡,她最后连针也抓不住了。小萼面对着一堆麻袋片黯然垂泪,她说,我缝不完了,我的手指快掉下来了。边上的人劝慰说,再熬几天,等到血泡破了就结老茧了,结了老茧就好了。最后人都走空了,只留下小萼一个人陷在麻袋堆里。暮色渐浓,小萼听见士兵在门外来回踱步,他焦躁地喊,八号,你还没缝完哪,每天都是你落后。小萼保持僵直的姿势坐在麻袋上,她想我反正不想缝了,随便他们怎样处理我了。昔日的军械库弥漫着麻草苦涩的气味,夜色也越来越浓,值班的士兵啪地开了灯,他冲着小萼喊,八号,你怎么坐着不动?小心关你的禁闭。小萼慢慢地举起她的手指给士兵看,她想解释什么,却又懒得开口说话。那个士兵嘟哝着就走开了。小萼后来听见他在唱歌:解放区的天是晴朗的天,解放区的人民好喜欢。

大约半个小时以后,值班的士兵走进工场,看见小萼正在往房梁上拴绳套,小萼倦怠地把头伸到绳套里,一只手拉紧了绳子。士兵大惊失色,他叫了一声,八号,不许动!急急地朝天空开了一记枪。小萼回头看着士兵，她用手护着脖子上的绳套说，你开枪干什么？我又不逃跑。士兵冲过来拉绳子，他说，你想死吗？小萼漠然地点点头，我想死，我缝不完三十条麻袋，你让我怎么办呢？

营房里的人听到枪声都往这边跑。妓女们扒着窗户朝里面张望。瑞凤说，小萼，他开枪打你吗？年轻的军官带着几个士兵，把小萼推出了工场。小萼捂着脸跟跄着朝外走，她边哭边说，我缝不完三十条麻袋了，除了死我没办法。她听见妓女们一起大声恸哭起来。军官大吼，不准哭，谁再哭就毙了谁。马上有人叫起来，死也不让死，哭又不让哭，这种日子怎么过？不如把我们都毙了吧。不知是谁领头，一群妓女冲上来抱住了军官和士兵的腿，撕扯衣服，抓捏他们的裤裆，营房在霎时间混乱起来。远处哨楼上的探照灯打过来，枪声噼啪地在空中爆响。小萼跳到一堵墙后，她被自己点燃的这场战火吓呆了，这结果她没有想到。

妓女劳动营发生的骚乱后来曾经见诸报端，这是一九五〇年暮春的事。新闻总是简洁笼统的，没有提小萼的名字，当然更没有人了解小萼是这场骚乱的根源。

第二天早晨小萼被叫到劳动营的营部。来了几个女干部，一式地留着齐耳短发，她们用古怪的目光打量了小萼一番，互相窃窃私语，后来就开始了漫长的谈话。

夜里小萼没有睡好，当她意识到自己惹了一场风波以后一直提心吊胆。如果他们一枪杀了她结果倒不算坏，但是如果他们存心收拾她，要她缝四十条甚至五十条麻袋呢？她就只好另寻死路了。如果秋仪在，秋仪会帮她的，可是秋仪抛下她一个人逃了。整个谈话持续了一个上午，小萼始终恍恍惚惚的，她垂头盯着脚尖，她看见从翠云坊穿来的丝袜已经破了一个洞，露出一颗苍白而浮肿的脚趾。

小萼，请你说说你的经历吧。一个女干部对小萼微笑着说，别害怕，我们都是阶级姐妹。

小萼无力地摇了摇头，她说，我不想说，我缝不完三十条麻袋，就这些，我没什么可说的。

你这个态度是不利于重新做人的。女干部温和地说，我们想听听你为什么想到去死，你有什么苦就对我们诉，我们都是阶级姐妹，都是在苦水里泡大的。

我说过了，我的手上起血泡，缝不完三十条麻袋。我只好去死。

这不是主要原因。你被妓院剥削压迫了好多年，你苦大仇深,又无力反抗,你害怕重新落到敌人的手里,所以你想到了死,我说得对吗?

我不知道。小萼依然低着头看丝袜上的洞眼,她说,我害怕极了。

千万别害怕。现在没有人来伤害你了。让你们来劳动训练营是改造你们,争取早日回到社会重新做人。妓院是旧中国的产物,它已经被消灭了。你以后想干什么?想当工人,还是想到商店当售货员?

我不知道。干什么都行,只要不太累人。

好吧。小萼,现在说说你是怎么落到鸨母手中的。我们想帮助你,我们想请你参加下个月的妇女集会,控诉鸨母和妓院对你的欺凌和压迫。

我不想说。小萼说,这种事怎么好对众人说?我怎么说得出口?

没让你说那些脏事。女干部微红着脸解释说,是控诉,你懂吗?比如你可以控诉妓院怎样把你骗进去的,你想逃跑时他们又怎样毒打你的。稍微夸张点没关系,主要是向敌人讨还血债,最后你再喊几句口号就行了。

我不会控诉,真的不会。小萼淡漠地说,你们可能不知道，我到喜红楼是画过押立了卖身契的，再说他们从来没有打过我，我规规矩矩地接客挣钱，他们凭什么打我呢？

这么说，你是自愿到喜红楼的？

是的，小萼又垂下头，她说，我十六岁时爹死了，娘改嫁了，我只好离开家乡到这儿找事干。没人养我，我自己挣钱养自己。

那么你为什么不到缫丝厂去做工呢？我们也是苦出身，我们都进了缫丝厂，一样可以挣钱呀。

你们不怕吃苦，可我怕吃苦。小萼的目光变得无限哀伤，她突然捂着脸呜咽起来，她说，你们是良家妇女，可我天生是个贱货。我没有办法，谁让我天生就是个贱货。

妇女干部们一时都无言以对，她们又对小萼说了些什么就退出去了。然后进来的是那些穿军服的管教员。有一个管教员把一只小包裹扔到小萼的脚下，说，八号，你姐姐送来的东西。小萼看见外面的那条丝巾就知道是秋仪托人送来的。她打开包裹，里面塞着丝袜、肥皂、草纸和许多零食，小萼想秋仪果真没有忘记她，茫茫世界变幻无常，而秋仪和小萼的姐妹情谊是难以改变的。小萼剥了一块太妃夹心糖含在嘴里，这块糖在某种程度上恢复了小萼对生活的信心。后来小荨嚼着糖走过营房时,自然又扭起了腰肢,小荨是个细高挑的女孩,她的腰像柳枝一样细柔无力。在麻袋工场的门口,小荨又剥了一块糖,她看见一个士兵站在桃树下站岗,小荨对他妩媚地笑了笑,说,长官你吃糖吗?士兵皱着眉扭转脸去,他说,谁吃你的糖?也不嫌恶心。

去劳动营给小荨送东西的是老浦。老浦起初不肯去,无奈秋仪死磨硬缠,秋仪说,老浦你有没有人味就看这一回了。老浦说,哪个小荨?就是那个瘦骨嶙峋的黄毛丫头?秋仪说,你喜欢丰满的,自然也有喜欢瘦的,也用不着这样损人家,人家小荨还经常夸你有风度呢,你说你多浑。

秋仪不敢随便出门,无所事事的生活中最主要的内容是睡觉。白天一个人睡,夜里陪老浦睡。在喜红楼的岁岁年年很飘逸地一闪而过,如今秋仪身份不明,她想以后依托的也许还是男人,也许只是她多年积攒下来的那包金银细软。秋仪坐在床上,把那些戒指和镯子之类的东西摆满了一床,她估量着它们各自的价值,这些金器就足够养她五六年了,秋仪对此感到满意。有一只镯子上镌着龙凤图案,秋仪最喜欢,她把它套上腕子。这时候她突然想到小荨,小荨也有这样一只龙凤镯,但是小萼临去时一无所有。秋仪无法想象小萼将来的生活,女人一旦没有钱财就只能依赖男人,但是男人却不是可靠的。

一晃半个月过去了,秋仪察觉到浦太太对她的态度越来越恶劣。有一天在饭桌上浦太太开门见山地问她,秋小姐,你准备什么时候离开我家呢?秋仪说,怎么,下逐客令吗?浦太太冷笑了一声说,你不是什么客人,我从来没请你到我家来,我让你在这儿住半个月就够给面子了。秋仪不急不恼地说,你别给我摆这副脸,老娘不怕,有什么对你儿子说去,他让我走我就走。浦太太摔下筷子说,没见过你这种下贱女人,你以为我不敢对他说?

这天老浦回家后就被浦太太拦在花园里了。秋仪听见浦太太对他又哭又闹的,缠了好半天,秋仪觉得好笑,她想浦太太也可怜,这是何苦呢?她本来就没打算赖在浦家,她只是不喜欢被驱逐的结果,太伤面子了。

老浦上楼后脸上很尴尬。秋仪含笑注视着他的眼睛,等着他说话。秋仪想她倒要看看老浦怎么办。老浦跑到盥洗间洗淋浴。秋仪说,要我给你擦背吗?老浦说,不要了,我自己来。秋仪听见里面的水溅得哗哗地响,后来就传来老浦闷声闷气的一句话，秋仪，明天我另外给你找个住处吧。秋仪愣了一会儿。秋仪很快就把盥洗间的门踢开了，她指着老浦说，果然是个没出息的男人，我算看错你了。老浦的嘴凑在水龙头上，吐了一口水说，我也没办法，换个地方也好，我们一起不是更方便吗？秋仪不再说话，她飞速地收拾好自己的东西，全部塞到刚买的皮箱里。然后她站到穿衣镜前，梳好头发，淡淡地化了妆。老浦在腰间围了条浴巾出来，他说，你这就要走？你想去哪里？秋仪说，你别管，把钱掏出来。老浦疑惑地说，什么钱？秋仪啪地把木梳砸过去，你说什么钱？我陪你这么多天，你想白嫖吗？老浦捡起木梳放到桌上，他说，这多没意思，不过是换个住处，你何必生这么大的气？秋仪仍然柳眉倒竖，她又踢了老浦一脚。你倒是给我掏呀，只当我最后一次接客，只当我接了一条狗。老浦咕哝着从钱包里掏钱，他说，你要多少，你要多少我都给你。这时候秋仪终于哭出声来，她抓过那把钞票拦腰撕断，又摔到老浦的脸上。秋仪说，谁要你的钱，老浦，我要过你的钱吗？你这个没良心的东西。老浦躲闪着秋仪的攻击，他坐到沙发上喘着气说，那么你到底要怎么样呢？你既然不想走就再留几天吧。秋仪已经拎起了皮箱，她尖叫了一声，我不稀罕！

然后就奔下楼去。在花园里她撞见了浦太太,浦太太以一种幸灾乐祸的表情看着秋仪的皮箱,秋仪呸地对她吐了一口唾沫,她说,你这个假正经的女人,我咒你不得好死。

秋仪起初是想回家的。她坐的黄包车已经到了她从小长大的棚户区,许多孩子在煤渣路上追逐嬉闹,空中挂满了滴着水的衣服和尿布,她又闻到了熟悉的贫穷肮脏的酸臭味。秋仪看见她的瞎子老父亲坐在门口剥蚕豆,她的姑妈挽着袖子从一只缸里捞咸菜,在他们的头顶是那块破烂的油毡屋顶,一只猫正蹲伏在那里。车夫说,小姐下车吗?秋仪摇了摇头,往前走吧,一直往前走。在经过父亲身边时,秋仪从手指上摘下一只大方戒,扔到盛蚕豆的碗里。父亲竟然不知道,他仍然专心地剥着蚕豆,这让秋仪感到一种揪心的痛苦。她用手绢捂住脸,对车夫说,走吧,再往前走。车夫说,小姐你到底要去哪里?秋仪说,让你走你就走,你怕我不付车钱吗?

路边出现了金黄色的油菜花地,已经到了郊外的乡村了。秋仪环顾四周的乡野春景,在一大片竹林的簇拥中,露出了玩月庵的黑瓦白墙。秋仪站起来,她指着玩月庵问车夫,那是什么庙？车夫说，是个尼姑庵。秋仪突然自顾笑起来，她说，就去那儿，干脆剃头当尼姑了。

秋仪拎着皮箱穿过竹林，有两个烧香的农妇从玩月庵出来，狐疑地盯着秋仪看，其中一个说，这个香客是有钱人。秋仪对农妇们笑了笑，她站在玩月庵的朱漆大门前，回头看了看泥地上的她的人影，在暮色和夕光里那个影子显得单薄而柔软。秋仪对自己说，就在这儿，干脆剃头当尼姑了。

庵堂里香烟缭绕，供桌上的松油灯散着唯一的一点亮光。秋仪看见佛龛后两个尼姑青白色的脸，一个仍然年轻，一个非常苍老。她们漠然地注视着秋仪，这位施主要烧香吗？秋仪沉没在某种无边的黑暗中，多日来紧张疲乏的身体在庵堂里猛然松弛下来。她跪在蒲团上对两个尼姑磕了一记响头，她说，两位师父收下我吧，我已经无处可去。两个尼姑并不言语。秋仪说，让我留在这里吧，我有很多钱，我可以养活你们。那个苍老的尼姑这时候捻了捻佛珠，飞快地吟诵了几句佛经，年轻的则掩嘴偷偷地笑了。秋仪猛地抬起头，她的眼睛里流露出极度的焦躁和绝望，秋仪的手拼命敲着膝下的蒲团，厉声喊道，你们聋了吗？你们听不见我在求你们？让我当尼姑，让我留在这里，你们再不说话我就放一把火，烧了这个尼姑庵，我们大家谁也活不成。

秋仪怎么也忘不了在玩月庵度过的第一个夜晚。她独自睡在堆满木柴和农具的耳房里，窗台上点着一支蜡烛。夜风把外面的竹林吹得飒飒地响，后来又淅淅沥沥地下起了雨。秋仪在雨声中辗转反侧，想想昨夜的枕边还睡着老浦，仅仅一夜之间脂粉红尘就隔绝于墙外。秋仪想这个世界确实是诡谲多变的，一个人活过了今天不知道明天会发生什么事，谁会想到喜红楼的秋仪现在进了尼姑庵呢？

很久以后，小萼听说了秋仪削发为尼的事情。老浦有一天到劳动营见了小萼，他说的头一句话就是秋仪进尼姑庵了。小萼很吃惊，她以为老浦在说笑话。老浦说，是真的，我也才知道这事。我去找她，她不肯见我。小萼沉默了一会儿，眼圈就红了。小萼说，这么说你肯定亏待了秋仪，要不然她绝不会走这条路。老浦愁眉苦脸地说，一言难尽，我也有我的难处。小萼说，秋仪对你有多好，翠云坊的女孩有这份痴心不容易，老浦你明白吗？老浦说，我明白，现在只有你小萼去劝她了，秋仪听你的话。小萼苦笑起来，她说，老浦你又糊涂了，我怎么出得去呢？我要出去起码还有半年，而且要劳动表现特别好，我又干不好，每天只能缝二十条麻袋，我自己也恨不能死。

两人相对无言，他们坐在哨楼下的两块石头上。探视时间是半个钟头。小萼仰脸望了望哨楼上的哨兵，说，时间快到了，老浦你再跟我说点别的吧。老浦问，你想听点什么？小萼低下头去看着地上的石块，随便说点什么，我什么都想听。老浦呆呆地看着小萼尖削的下巴颏儿，伸过手去轻轻地摸了一下，他说，小萼，你瘦得真可怜。小萼的肩膀猛地缩了起来，她侧过脸去，轻声说，我不可怜，我是自作自受，谁也怨不得。

老浦给小萼带来了另外一个坏消息，喜红楼的鸨母已经离开了本地，小萼留在那里的东西也被席卷而空了。小萼哀怨地看了老浦一眼，说，一点没留下吗？老浦想了想说，我在门口捡到一只胭脂盒，好像是你用过的，我把它带回家了。小萼点点头，说，一只胭脂盒，那么你就替我留着它吧。

事实上小萼很快就适应了劳动营内的生活，她是个适应性很强的女孩。缝麻袋的工作使她恢复了良好的睡眠，小萼昔日的神经衰弱症状不治而愈。夜里睡觉的时候，瑞凤的手经常伸进她的被窝，在小萼的胸脯和大腿上摸摸捏捏的，小萼也不恼，她把瑞凤的手推开，自顾睡了。有一天她梦见一只巨大的长满黑色汗毛的手,从上至下慢慢地掠过她的身体,小萼惊出了一身汗。原来还是瑞凤的手在作怪,这回小萼生气了,她狠狠地在瑞凤的手背上掐了一记,不准碰我,谁也别来碰我!

在麻袋工场里,小萼的眼前也经常浮现出那只男人的手,有时候它停在空中保持静止,有时候它在虚幻中游过来,像一条鱼轻轻地啄着小萼的敏感部位。小萼面红耳赤地缝着麻袋,她不知道那是谁的手,她不知道那只手意味着什么内容,只模糊感觉到它是昔日生活留下的一种阴影。

到了一九五二年的春天,小萼被告知劳动改造期满,她可以离开劳动营回到城市去了。小萼听到这个消息时手足无措,她的瘦削的脸一下子又无比苍白。妇女干部问,难道你不想出去?小萼说,不,我只是不知道出去后该怎么办,我有点害怕。妇女干部说,你现在可以自食其力重新做人了,我们会介绍你参加工作的,你也可以为祖国建设贡献力量了。妇女干部拿出一沓表格,说,这里有许多工厂在招收女工,你想选择哪一家呢?小萼翻看了一下表格,说,我不懂,哪家工厂的活最轻我就去哪家。妇女干部叹了口气说,看来你们这些人的思想是改造不好的,那么你就去玻璃瓶加工厂吧,你这人好吃懒做，就去拣拣玻璃瓶吧。

在玩月庵的开始的那些日子，秋仪仍然习惯于对镜梳妆。她看见镜子里的脸日益泛出青白色来，嘴唇上长了一个火疱。她摸摸自己最为钟爱的头发，心想这些头发很快就要从她身上去除，而她作为女人的妩媚也将随之消失。秋仪对此充满了惶恐。

老尼姑选择了一个吉日良辰给秋仪剃发赐名。刀剪用红布包着放在供台上，小尼姑端着一盆清水立于侧旁。秋仪看着供台上的刀剪，双手紧紧捧住自己的头发。秋仪突然尖声叫起来，我不剃，我喜欢我的头发。老尼姑说，你尘缘未断，本来就不该来这里，你现在就走吧。秋仪说，我不剃发，我也不走。老尼姑说，这不行，留发无佛，皈佛无发，你必须做出抉择。秋仪怒睁双眼，她跺跺脚说，好，用不着你来逼我，我自己铰了它。秋仪抓起剪刀，另一只手朝上拎起头发，唰地一剪下去，满头的黑发轻飘飘地纷纷坠落在庵堂里，秋仪就哭着在空中抓那些发丝。

秋仪剃度后的第三天，老浦闻讯找到了玩月庵。那天没有香火，庵门是关着的。老浦敲了半天门，出来开门的就是秋仪。秋仪看看是老浦，迅速地把门又顶上了，她冲着老浦说了一个字，滚。老浦乍地没认出是秋仪，等他反应过来已经晚了，秋仪在院子里对谁说，别开门，外面是个小偷。老浦继续敲门，里面就没有动静了。老浦想想不甘心，他绕到庵堂后面，想从院墙上爬过去，但是那堵墙对老浦来说太高了，老浦从来没干过翻墙越窗这类事。老浦只好继续敲门，同时他开始拼命地推。慢慢地听见里面的门闩活动了，门开了一点。老浦试着将头探了进去，他的肩膀和身体卡在门外。秋仪正站在门后，冷冷地盯着老浦伸过来的脑袋。老浦说，秋仪，我总算又见到你了，你跟我回去吧。秋仪用双手捂住了她的头顶，这几乎是一个下意识的动作。老浦竭力在门缝里活动，他想把肩膀也挤进去。老浦说，秋仪，你开开门呀，我有好多话对你说，你干什么把头发剃掉呢？现在外面没事了，你用不着东躲西藏了，可你为什么要把头发剃掉呢？老浦的一只手从门缝里伸进来，一把抓住了秋仪的黑袍。秋仪像挨了烫一样跳起来，她说，你别碰我！老浦抬起眼睛哀伤地凝视着秋仪，秋仪仍然抱住她的头，她尖声叫起来，你别看我！老浦的手拼命地在空中划动，想抓住秋仪的手，门板被挤压得嘎嘎地响。这时候秋仪突然从门后操起了一根木棍，她把木棍举在半空中对老浦喊，出去，给我滚出去，你再不滚我就一棍打死你。

老浦沮丧地站在玩月庵的门外，听见秋仪在里面呜呜地哭了一会儿。老浦说，秋仪你别犟了，跟我回去吧，你想结婚我们就结婚，你想怎样我都依你。但是秋仪已经踢踢踏踏地走掉了。老浦面对着一片死寂，只有茂密的竹林在风中飒飒地响，远远的村舍里一只狗在断断续续地吠。玩月庵距城市十里之遥，其风光毕竟不同于繁华城市。这一天老浦暗暗下决心跟秋仪断了情丝，他想起自己的脑袋夹在玩月庵的门缝里哀求秋仪，这情景令他斯文扫地。老浦想世界上有许多丰满的如花似玉的女人，他又何苦天天想着秋仪呢，秋仪不过是翠云坊的一个妓女罢了。

一九五二年，老浦的阔少爷的奢侈生活遭到粉碎性的打击，浦家的房产被政府没收，从祖上传下来的巨额存款也被银行冻结。老浦的情绪极其消沉，他天天伏在电力公司的写字桌上打瞌睡。有一天，老浦接到一个电话，是小萼打来的。小萼告诉老浦她出来了，她想让老浦领她去见秋仪。老浦说，找她干什么？她死掉一半了，你还是来找我，我老浦好歹还算活着。

在电力公司的门口,老浦看见小萼从大街上姗姗而来。小萼穿着蓝卡其列宁装,黑圆口布鞋,除了走路姿势和左顾右盼的眼神,小萼的样子与街上的普通女性并无二致。小萼站在阳光里对老浦嫣然一笑,老浦的第一个感觉就是她比原先漂亮多了,他的心为之怦然一动。

正巧是吃午饭的时间,老浦领着小萼朝繁华的饭店街走。老浦说,小萼你想吃西餐还是中餐? 小萼说,西餐吧,我特别想吃猪排、牛排,还有罐焖鸡,我已经两年没吃过好饭了。老浦笑着连声允诺,手却在西装口袋里紧张地东掏西挖,今非昔比,老浦现在经常是囊中羞涩的。老浦估量了一下口袋里的钱,心想自己只好饿肚子了。后来两个人进了著名的企鹅西餐社,老浦点菜都只点一份,自己要了一杯荷兰水。小萼快活地将餐巾铺在膝上,说,我的口水都要流下来了。老浦说,只要你高兴就行,我已经在公司吃过了,我陪你喝点酒水吧。

后来就谈到了秋仪。小萼说,我真不相信,秋仪那样的人怎么当了姑子? 她是个喜欢热闹的人。老浦说,鬼知道,这世道乱了套,什么都乱了。小萼用刀叉指了指老浦的鼻子,说，你薄情寡义，秋仪恨透了你才走这条路。老浦摊开两只手说，她恨我我恨谁去？我现在也很苦，顾不上她了。小萼沉默了一会儿，叹口气说，秋仪好可怜，不过老浦你说得也对，如今大家只好自顾自了。

侍者过来结账，幸好还没有出洋相。老浦不失风度地给了小费。离开西餐社时，小萼是挽着老浦的手走的。老浦想想自己的窘境，不由得百感交集。看来是好梦不再了，在女人面前一个穷酸的男人将寸步难行。两人各怀心事地走着，老浦一直把小萼送到玻璃瓶加工厂。小萼指了指竹篱笆围成的厂区说，你看我待的这个破厂，无聊死了。老浦说，过两天我们去舞厅跳舞吧。小萼说，现在还有舞厅吗？老浦说，找找看，说不定还有营业的。小萼在原地滑了一个狐步，她说，该死，我都快忘了。小萼抬起头看看老浦，突然又想起秋仪，那么秋仪呢？小萼说，我们还是先别跳舞了，你带我去看秋仪吧。老浦怨恨地摇摇头，我不去了，她把我夹在门缝里不让进去，要去你自己去吧。小萼说，我一个人怎么去？我又不认识路，再说我现在也没有钱给她买礼物。不去也行，那么我们就去跳舞吧。

三天后，小萼与老浦再次见面。老浦这次向同事借了钱装在口袋里,他们租了一辆车沿着商业街道一路寻找热闹的去处。舞厅、酒吧已经像枯叶一样消失了,入夜的城市冷冷清清,店铺稀疏残缺的霓虹灯下,有一些身份不明者蜷缩在被窝里露宿街头。他们路过了翠云坊口的牌楼,牌楼上挂着横幅和标语,集结在这里做夜市的点心摊子正在纷纷撤离。小萼指着一处摊子叫老浦,快,快下去买一客水晶包,再迟就赶不上了。老浦匆匆地跳下去,买了一客水晶包。老浦扶着车子望了望昔日的喜红楼,喜红楼黑灯瞎火的,就像一块被废弃的电影布景。老浦说,小萼,你想回去看看吗? 小萼咬了一口水晶包,嘴里含糊地说,不看不看,看了反而伤心。老浦想了想说,是的,看了反而伤心。他们绕着城寻找舞厅,最后终于失望了。有一个与老浦相熟的老板从他家窗口探出头,像赶鸡似的朝他们挥手,他说,去,去,回家去,都什么年代了,还想跳舞? 要跳回床上跳去,八家舞厅都取缔啦。老浦怅然地回到黄包车上,他对小萼说,怎么办? 剩下的时间怎么打发呢? 小萼说,我也不知道,我随便你。老浦想了想说,到我那里去跳吧。我现在的房子很破,家具也没有,不过我还留着一罐德国咖啡,还有一台留声机,可以跳舞,跳什么都行。小萼笑了笑,抿着嘴说,那就走吧,只要别撞

121

上旁的女人就行。

这一年老浦几易其居，最后搬到电力公司从前的车库里。小萼站在门口，先探头朝内张望了一番，她说，想不到你也落到了这步田地。老浦说，世事难测，没有杀身之祸就是幸运了。小萼走进去往床上一坐，两只脚噗地一敲，皮鞋就踢掉了。小萼说，老浦，真的就你一个人？老浦拉上窗帘，回头说，我从来都是一个人呀，我母亲到我姐姐家住了，我现在更是一个人啦。

小萼坐在床上翻着一本电影画报，她抬头看看老浦，老浦也呆呆地朝她看。小萼笑起来说，你傻站着干什么？放音乐跳舞呀。老浦说，我的留声机坏了。小萼说，那就煮咖啡呀。老浦说，炉子也熄掉了。小萼就用画报蒙住脸咯咯地笑起来，她说，老浦你搞什么鬼？你就这样招待我吗？老浦一个箭步冲到床上，揽住小萼的腰，老浦说，我要在床上招待你。说着就拉灭了电灯。小萼在黑暗中用画报拍打着老浦，小萼喘着气说，老浦你别撩我，我欠着秋仪的情。老浦说，这有什么关系，现在谁也顾不上谁了。小萼的身体渐渐后仰，她的手指习惯性地掐着老浦的后背。小萼说，老浦呀老浦，你让我怎么去见秋仪？老浦立刻就用干燥毛糙的舌头控制了小萼的嘴唇，于是两个人漂浮在黑暗中，不再说话了。

玻璃瓶加工厂总共有二十来名女工，其中起码有一半是旧日翠云坊的女孩，她们习惯于围成一圈，远离另外那些来自普通家庭的女工。工作是非常简单的，她们从堆成小山的玻璃瓶中挑出好的，清洗干净，然后这些玻璃瓶被运送出去，重新投入使用。当时人们还不习惯于这种手工业的存在，许多人把玻璃瓶加工厂称作妓女作坊。

小萼的工作是清洗玻璃瓶，她手持一柄小刷子伸进瓶口，沿着瓶壁旋转一圈，然后把里面的水倒掉，再来一遍，一只绿色的或者深棕色的玻璃瓶就变得光亮干净了。小萼总是懒懒地重复她的劳动，一方面她觉得非常无聊，另一方面她也清醒地知道世界上不会有比这更轻松省力的工作了。小萼每个月领十四元工资，勉强可以维持生计。头一次领工资的时候，小萼很惊诧，她说，这点钱够干什么用？女厂长就抢白她说，你想干什么用？这当然比不上你从前的收入，可是这钱来得干净，用得踏实。小萼的脸有点挂不住，她说，什么干净呀脏的，钱是钱，人是人，再干净的人也要用钱，再脏的人也要用钱，谁不喜欢钱呢？女厂长很厌恶地瞟了小萼一眼，然后指着另外那些女工说，她们也领这点工资，她们怎么就能过？一出门小萼就骂，白花花，一脸麻，真恶心人。原来女厂长是个麻脸，小萼一向认为麻脸的人是最刁钻可恶的。她经常在背后挖苦女厂长的麻脸，不知怎么就传到了女厂长的耳朵里，女厂长气得把玻璃瓶朝小萼身上砸。她是个身宽体壮的山东女人，扑上来把小萼从女工堆里拉出来，然后就揪住小萼的头发往竹篱笆上撞。女厂长说，我是麻脸，是旧社会害的，得了天花没钱治；你的脸漂亮，可你是个小婊子货，你下面脏得出蛆，你有什么脸对别人说三道四的？小萼知道自己惹了祸，她任凭暴怒的女厂长把她的脸往竹篱笆上撞，眼泪却簌簌地掉了下来。女工们纷纷过来拉架。小萼说，你们别管，让她把我打死算了，我反正也不想活了。

这天夜里，小萼又去了老浦的汽车库。小萼一见老浦就扑到他怀里哭起来。老浦说，小萼你怎么啦？小萼呜咽着说，麻脸打我。老浦说，她为什么打你？小萼说，我背后骂了她麻脸。老浦禁不住哧地笑出声来，那你为什么要在背后骂她呢？你也太不懂事了，你现在不比在喜红楼，凡事不能太任性，否则吃亏还在后面呢。小萼仍然止不住她的眼泪，她说，鸨母没有打过我，嫖客也没有打过我，就是劳动营的人也没有打过我，我倒被这个麻脸给打了，你让我怎么咽得了这口气？老浦说，那你想怎么样呢？小萼用手抓着老浦的衣领，说，老浦，我全靠你了，你要替我出这口气，你去把麻脸揍一顿！老浦苦笑道，我从来没打过人，更不用说去打一个女人了。小萼的声音就变了，她用一种悲哀的目光盯着老浦说，好你个老浦，你就忍心看我受气受苦，老浦你算不算个男人？你要还算是男人就别给我装蒜，明天就去揍她！老浦说，好吧，我去找人揍她一顿吧。小萼又叫起来，不行，我要你去揍她，你去揍了她我才解气。老浦说，小萼你真能缠人，我缠不过你。

　　老浦觉得小萼的想法简直莫名其妙，但他第二天还是埋伏在玻璃瓶加工厂外面攻击了麻脸女人。老浦穿着风衣，戴着口罩站在那里等了很久，看见一个脸上长满麻子的女人从里面出来，她转过身锁门的时候，老浦迎了上去，老浦说，对不起。女人回过头，老浦就朝她脸上打了一拳，女人尖叫起来，你干什么？老浦说，你别瞎叫，这就完了。老浦的手又在她臀部上拧了一把，然后他就跑了。女人在后面突然喊起来，流氓，抓流氓呀！老浦吓了一跳，拼命地朝一条弄堂里跑。幸好街上没有人，要是有人追上他就狼狈了。老浦后来停下来喘着粗气,他想想一切都显得很荒唐,也许他不该拧麻脸女人的臀部,这样容易造成错觉,好像他老浦守在门口就是为了吃麻脸女人的豆腐。老浦有点自怜地想,为了女人他这大半辈子可没少吃苦。

老浦回到他的汽车库,门是虚掩着的。小萼正躺在床上剪脚指甲,看见老浦立刻把身子一弓,钻进了被窝。小萼说,你跑哪里去风流了?老浦说,耶,不是你让我替你去出气吗?我去打了麻脸女人一顿,打得她鼻青脸肿,趴在地上了。小萼咯咯地笑起来,她说,老浦你也真实在,我其实是试试你疼不疼我,谁要你真打她呀?老浦愣在那里听小萼疯笑着,笑得喘不过气来。老浦想他怎么活活地被耍了一回,差一点出了洋相。老浦就骂了一句,你他妈的神经病。小萼笑够了就拍了拍被子,招呼老浦说,来吧,现在轮到我给你消气了。老浦沉着脸走过去掀被子,看见小萼早已光着了,老浦狠狠地掐了她一下,咬着牙说,看我怎么收拾你,我今天非要把你弄个半死不活。小萼勾起手指刮刮老浦的鼻子,她说,就怕你没那个本事嘛。

汽车库里的光线由黄渐渐转至虚无,最后是一片幽暗。空气中有一种说不清的甜腥气味。两个人都不肯起床,突然砰的一声,窗玻璃被什么打了一下。老浦腾地跳起来,掀开窗帘一看,原来是两个小男孩在掷石子玩。老浦捂着胸口骂了一声,把我吓了一跳,我以为是谁来捉奸呢。小萼在床上问,是谁,不是秋仪吧?老浦说,两个孩子。小萼跳下床,朝一只脸盆里解手。老浦叫了起来,那是我的脸盆!小萼蹲着说,那有什么关系?我马上泼掉就是了。随手就朝修车用的地沟里一泼。老浦又叫起来,哎呀,泼在我的皮鞋上了!原来老浦的皮鞋都是扔在地沟里的。老浦赶紧去捞他的皮鞋,一摸已经湿了。老浦气得把鞋朝墙角一摔,怎么搞的,你让我明天穿什么?小萼说,买双新皮鞋好了。老浦苦笑了一声,你说得轻巧,老子现在吃了上顿没下顿,哪儿有钱买皮鞋?小萼见老浦真的生气,自己也很不高兴。小萼噘着嘴说,老浦你还算不算个男人,为双破皮鞋对我发这么大的火。就坐在那里不动了。

老浦沮丧地打开灯,穿好了衣服。看看小萼披着条枕巾背对着他,好像要哭的样子,老浦想他真是拿这些女人没有办法。老浦走过去替小萼把衣裙穿好,小萼才破涕而笑。我肚子饿了。小萼说。肚子饿了就出去吃饭。老浦说。去哪里吃?去四川酒家好吗?出去了再说吧,老浦从枕头下摸出他的金表，叹口气说，不知道它能换多少钱？小萼说，你要把金表当掉吗？老浦说，只能这样，我已经一文不名了，这事你别对人说，说出去丢我的脸。小萼皱着眉头说，这多不好，我们就饿上一顿吧。老浦挽住小萼的手说，走，走，你别管那么多，我老浦从来都是今朝有酒今朝醉，管他明天是死是活呢。

两个人拉扯着走出汽车库。外面的泥地上浮起了一些水洼，原来外面下过雨了，他们在室内浑然不知。风吹过来已经添了很深的秋意。小萼抱着肩膀走了几步，突然停住了。老浦说，又怎么了？小萼抬头看看路边的树，看看树枝上暗蓝色的夜空，她说，天凉了，又要过冬天了。老浦说，那有什么办法？秋天过去总归是冬天。小萼说，我怕，我一个人待在宿舍里怎么熬过这个冬天？没有火烤了，也没有丝绵棉袍，这个冬天怎么过？老浦说，你怕冷，没关系，我会把你焐得很暖和的。小萼看了眼老浦，低下头说，现在是新社会了，我们老在一起没有名分不行，老浦你干脆娶了我吧。老浦愣了一会儿，说，结婚好是好，可是我怕养不活你。我该结婚的时候不想结婚，到想结婚时又不该结婚了，你不知道我现在是个穷光蛋吗？小萼莞尔一笑，走过来勾住了老浦的手，我这样的人也只能嫁个穷光蛋了，你说是不是？

在剩余的秋天里，老浦为他和小萼的婚事奔波于亲朋好友之间，目标只是借钱。老浦答应了小萼要举行一个像样的婚礼，要租用一套单门独院，另外小萼婚后不想去玻璃瓶工厂上班了，一切都需要钱。最重要的一点是小萼已经怀孕了。老浦依稀记得有人告诉过他，只有最强壮的男人才会使翠云坊的女孩怀孕，老浦为此感到自豪。

没有多少人肯借钱给老浦。亲戚们或者是冷脸相待，或者是一副爱莫能助的样子。老浦知道这些人的潜台词，你是个著名的败家浪荡子，借钱给你等于拿银子打水漂玩，我们玩不起。老浦于是讪讪地告辞，把点心盒随手放在桌上。老浦从不死缠硬磨，即使是穷困潦倒，也维护一贯的风度和气派，只是心里暗叹人情淡薄，想想浦家发达的时候，这些人恨不得来舔屁眼，现在却像见瘟神一样躲着他。老浦只好走最后一步棋，去求母亲帮忙。他本来不想惊动她，浦太太是决计不会让他娶小萼的。但事已至此，他只能向她摊牌了，于是老浦又提了礼盒去他姐姐家。

浦太太果然气得要死要活，她指着老浦的鼻子说，你是非要把我气死不可了，好端端一个上流子弟，怎么就死死沾着两个婊子货？我不会给你钱，你干脆把我的老命拿走吧。老浦耐心地劝说，小萼是个很好的姑娘，我们结了婚会好好过的。浦太太说，再好也是个婊子货，你以为这种女人她会跟你好好过吗？老浦说，妈，我这是在求你，小萼已经怀孕了。浦太太鼻孔里哼了一声，怀孕了？她倒是挺有手段，浦家的香火难道要靠一个婊子来续吗？老浦已经急得满脸通红，他嗓音嘶哑着说，我已经走投无路了，你要我跪下来求你吗？浦太太最后瘫坐在一张藤椅上号啕大哭。老浦有点厌恶地看着母亲伤心欲绝的样子，他想，这是何必呢？我老浦没杀人没放火，不过是要和翠云坊的小萼结婚。为什么不能和妓女结婚？老浦想，他偏偏就喜欢上了小萼，别人是没有办法的。

浦太太最后递给老浦一个铁皮烟盒。烟盒里装着五根金条。浦太太冷冷地看着老浦，浦家只有这点东西了，你拿去由着性子败吧，败光了别来找我，我没你这个儿子了。老浦把烟盒往兜里一塞，对母亲笑了笑说，您不要我来我就不来，反正我也不要吃您的奶了。

一九五三年冬天，老浦和小萼的婚礼在一家闻名南方的大饭店里举行。虽然两家亲友都没有到场,宾客仍然坐满了酒席。老浦遍请电力公司的所有员工,而小萼也把旧日翠云坊的姐妹们都请来了。婚礼极其讲究奢华,与其说是习惯使然,不如说是刻意安排,老浦深知这是他一生的最后一次欢乐了。电力公司的同事发现老浦在豪饮阔论之际,眉宇间凝结着牢固的忧伤。而婚礼上的小萼身披白色婚纱,容光焕发地游弋于宾客之间,其美貌和风骚令人倾倒。人们知道小萼的底细,但是在经过客观的分析和臆测之后,一切都显得顺理成章了。婚礼永远是欢乐的,它掩盖了男人的污言秽语和女人的阴暗心理。昔日翠云坊的妓女早已看出小萼体态的变化,她们对小萼一语双关地说,小萼,你好福气哪。小萼从容而妩媚地应酬着男女宾客,这时有个侍者托着一个红布包突然走到小萼面前,说,有个尼姑送给你的东西,说是你的嫁妆。小萼接过红布包打开一看,里面是一个紫贡缎面的首饰盒,再打开来,里面是一只龙凤镯,镯上秋仪的名字赫然在目。小萼的脸煞地白了,她颤声问侍者,她人呢？侍者说,走了,她说她没受到邀请。小萼提起婚纱就朝外面跑,嘴里一迭声喊着,好秋仪好姐姐。宾客们不知所以然,都站起来看。老浦摆摆手说,没什么,是她姐姐从乡下来了。旁边有知情的女宾捂嘴一笑，对老浦喊，是秋仪吧？老浦微微红了脸说，是秋仪，你们也知道，秋仪进了尼姑庵。

小萼追出饭店，看见秋仪身着黑袍站在街对面的路灯下。小萼急步穿越马路时，看见秋仪也跑了起来，秋仪的黑袍在风中飒飒有声。小萼就站在路上叫起来，秋仪，你别跑，你听我说呀。秋仪仍然头也不回，秋仪说，你回去结你的婚，什么也别说。小萼又追了几步就蹲下来了，小萼捂着脸呜呜哭起来，她说，秋仪，你怎么不骂我？原本应该是你跟老浦结婚的，你怎么不骂我呢？秋仪站在一家雨伞店前，她远远地看着哭泣的小萼，表情非常淡漠。等到小萼哭够了抬起头，秋仪说，这有什么可哭的？世上男人多的是，又不是只有一个老浦。我现在头发还没长好，也不好出来嫁人，我只要你答应跟老浦好好过，他对得起你了，你也要对得起他。小萼含泪点着头，她看见秋仪在雨伞店里买了把伞，秋仪站在那里将伞撑开又合拢，嘴里说，我买伞干什么？天又不下雨，我买伞干什么？说着就把伞朝小萼扔过来，你接着，这把伞也送给你们吧，要是天下雨了，你们就撑我这把伞。小萼抱住伞说，秋仪，好姐姐，你回来吧，我有好多话对你说。秋仪的眼睛里闪烁着冷静的光芒，很快地那种光芒变得犀利而残酷，秋仪直视着小萼的腹部冷笑了一声，怀上老浦的种了？你的动作真够快的。小萼又啜泣起来，我没办法，他缠上我了。秋仪呸地吐了一口唾沫，他缠你还是你缠他？别把我当傻瓜，我还不知道你小萼？天生一个小婊子，打死你也改不了的。

秋仪的黑袍很快消融在街头的夜色中。小萼觉得一切如在梦中，她和老浦都快忘了秋仪了，也许这是有意的，也许本来就该这样，男人有时候像驿车一样，女人都要去搭车，搭上车的就要先赶路了。小萼想，秋仪不该怪她，就是怪她也没用，他们现在已经是夫妻了。小萼拿着那把伞走回饭店去，看见老浦和几个客人守在门口，小萼整理了一下头饰和婚纱，对他们笑了笑，她说，我们继续吧，我把她送走了。

小萼走到门口，突然想到手里的伞有问题。伞就是散，在婚礼上送伞是什么意思呢？咒我们早日散伙吗？小萼这样想着就把手里的伞扔到了街道上。她看见一辆货车驶过，车轮把伞架碾得支离破碎，发出一种异常清脆的声响，噼，啪。

房子是租来的，老浦和小萼住楼下两间，楼上住着房东夫妇。那对夫妇是唱评弹的，每天早晨都练嗓，男的弹月琴，女的弹琵琶，两个人经常唱的是《林冲夜奔》里的弹词开篇。老浦和小萼都是喜睡懒觉的人，天天被吵得厌烦，又不好发作，于是就听着。后来两个人就评论起来了，小萼说，张先生唱得不错，你听他嗓子多亮。老浦说，张太太唱得好，唱得有味道。小萼就用肘朝老浦一捅，说，她唱得好，你就光听她的吧。老浦说，那你就光听他的吧。两个人突然都笑起来，觉得双方都是心怀鬼胎。

住长了，老浦就觉得张先生的眼睛不老实，他总是朝小萼身上不该看的地方看，小萼到外面去倒痰盂的时候，张先生也就跟出去拿报纸。有一次老浦看见张先生的手在小萼臀部上停留了起码五秒钟，不知说了些什么，小萼咯咯地笑起来。老浦的心里像落了一堆苍蝇般的难受。等到小萼回来，老浦就铁青着脸追问她，你跟张先生搞什么名堂，以为我看不见？小萼说，你别乱吃醋呀，他跟我说了一个笑话，张先生就喜欢说笑话。老浦鼻孔里哼了一声，笑话？他会说什么笑话。小萼扑哧一笑，说，挺下流的，差点没把我笑死，你要听吗？老浦说，我不听，谁要听他的笑话！我告诉你别跟他太那个了，否则我不客气。小萼委屈地看着老浦说，你想到哪里去了？我早就是你的人了。再说我拖着身子，我能跟他上床吗？老浦说，幸亏你大肚子了，否则你早就跟他上床了，反正我白天在公司，你们偷鸡摸狗方便得很。小萼愣愣地站了一会儿，突然就哭起来，跑到床背后去找绳子。小萼跺着脚说，老浦你冤枉我，我就死给你看。吓得老浦不轻，扑过去抢了绳子朝窗外扔。

小萼闹了一天，老浦只好请了假在家里陪她。老浦看小萼哭得可怜，就把她抱到床上，偎着她说些甜蜜的言语。说着说着老浦动了真情，眼圈也红了。老浦的手温柔而忧伤地经过小萼的脸、脖颈、乳房，最后停留在她隆起的小腹上。老浦说，别哭，你哭坏了我怎么办？小萼终于缓过气来，她把老浦的手抓住贴在自己脸上摩挲着，小萼说，我也是只有你了，我从小爹不疼娘不爱，只有靠男人了，你要是对我不好，我只有死给你看。

整个冬天漫长而寂寞，小萼坐在火炉边半睡半醒，想着一些漫无边际的事。透过玻璃窗可以看见院子里的唯一一棵梧桐树，树叶早已落尽，剩下许多混乱的枝丫在风中抖动。窗外没有风景，小萼就长时间地照镜子。因为辞掉了玻璃瓶加工厂的工作，天天闲居在家，小萼明显地发胖了，加上怀孕后粗壮的腰肢，小萼对自己的容貌非常失望。事实上这也是她不愿外出的原因。楼上张家夫妇的家里似乎总是热闹的，隔三岔五的有客人来，每次听到楼梯上的说笑和杂沓的脚步声，小萼就有一种莫名的妒忌和怨恨。她不喜欢这种冷清的生活，她希望有人到家里来。

有一天，张先生把小萼喊上去打麻将。小萼很高兴地上楼了，看见一群陌生的男女很诡秘地打量着她，小萼镇定自若地坐到牌桌上，听见张先生把二饼喊成胸罩，小萼就捂着嘴笑。有人给小萼递烟，她接过就抽，并且吐出很圆的圈。这次小萼玩得特别快活，下楼时已经是凌晨时分。她摸黑走到床边，看见老浦把被窝卷紧了不让她进去。老浦在黑暗中说，天还没亮呢，再去玩。小萼说，这有什么，我成天闷在家里，难得玩一回，你又生什么气？老浦说，我天天在公司拼命挣钱养家，回来连杯热茶也喝不上，你倒好，麻将搓了个通宵。小萼就去掀被子，朝老浦的那个地方揉了揉，好啦，别生气啦，以后再也不玩了。我要靠你养活，我可不敢惹你生气。老浦转过身去叹了一口气。小萼说，你叹什么气呀？你是我男人，你当然要养我。现在又没有妓院了，否则我倒可以养你，用不着看你的脸色了。老浦伸手敲了敲床板，怒声说，别说了，越说越不像话。看来你到现在还忘不了老本行。

结婚以后老浦的脾气变得非常坏，小萼揣测了众多的原因，结果又一一排除，又想会不会是自己怀孕了，在房事上限制了老浦所致呢？小萼想这全要怪肚子里的孩子，想到怀孕破坏了她的许多乐趣，小萼又有点迁怒于未出世的孩子。什么事情都是有得必有失，这一点完全背离了小萼从前对婚姻的幻想。

在玩月庵修行的两年中，秋仪出去过两次。一次是听说小萼和老浦结婚，第二次是得到姑妈的报丧信，说是她父亲坐在门口晒太阳时，让一辆汽车撞飞了起来，再也醒不了了。秋仪回家奔丧，守灵的时候秋仪从早到晚地哭，嗓子哭破了，几天说不出话来。她知道一半是在哭灵，一半则是在哭她自己。料理完丧事后秋仪昏睡了两天两夜，做了一个梦，梦见小萼和老浦在一块巨大的房顶上跳舞，而她在黑暗中悲伤地哭泣，她的死去的父亲也从棺椁中坐起来，与她一起哭泣。秋仪就这样哭醒了。醒来长久地回味这个梦，她相信它是一种脆弱和宣泄，并没有多少意义。

秋仪的姑妈拿了一只方戒给秋仪，说，这是你的东西吧，我炒蚕豆的时候在锅里发现的。秋仪点了点头，想到那次路过家门不入的情景，眼圈又有点红。姑妈说，你什么时候回庵里呢？我给你准备了一坛子咸菜，你喜欢吃的。秋仪瞥了眼姑妈的脸，那么我是非回庵里去啦？我要是不想当姑子了呢？姑妈有点窘迫地说，我也不是赶你回去，这儿毕竟是你的家，回不回去随你的便。秋仪扭过脸去说，我就是要听你说真话，到底想不想留我？姑妈犹豫了一会儿，轻声说，回去也好，你做了姑子，街坊邻居都没有闲话可说了。秋仪的眼睛漠然地望着窗外破败的街道，一动不动，泪珠却无声地滴落在面颊上。过了一会儿，秋仪咬着嘴唇说，是啊，回去也好，外面的人心都让狗吃了。

  第二天秋仪披麻戴孝地回到玩月庵。开门的是小尼姑，她把门打开，一看是秋仪就又关上了。秋仪骂起来，快开门呀，是我回来了。她听见小尼姑在院子里喊老尼姑，秋仪回来了，你来对她说。秋仪不知道发生了什么事，拼命地撞着门。等了一会儿，老尼姑来了，老尼姑在门里说，你还回来干什么？你骗了我们，玷污了佛门，像你这样的女人，竟然有脸进庵门，你从哪里来回哪里去吧。秋仪尖叫起来，用拳头擂着门，我听不懂你的鬼话，我要进去，快给我开门。老尼姑在里面咔嗒上了一条门闩，她说，我们已经用水清洗了庵堂，你不能再回来了，你已经把玩月庵弄得够脏的了。秋仪突然明白眼前的现实是被命运设计过的深渊绝境，一种最深的悲怆打进她的内心深处。秋仪的身体渐渐像沙子一样下陷，她伏在门上用前额叩击庵堂大门时，已是泣不成声。秋仪说，让我进去吧，我想躲一躲。我不愿意回去，外面的人心都让狗吃了，我没有办法只好回来了，你们就再收留我一次吧。玩月庵的大门被秋仪撞得摇摇欲坠，狗在院子里狂吠起来。老尼姑说，你走吧，你回来也没有饭吃了，施主少了，庵里的口粮也少了，多一张嘴吃饭我们就要挨饿。秋仪立刻喊起来，我有钱，我可以养活你们，你不要担心我分口粮，我的钱买口粮吃到老死也吃不完哪。老尼姑说了一句，那脏钱你留着自己用吧。秋仪听见她的迟滞的脚步声渐渐远去，庵里的狗也停止了吠叫。秋仪重新面临一片死寂的虚无，反而是欲哭无泪。

附近的竹林里有几个农民在拔冬笋。他们目睹了秋仪在玩月庵前吃闭门羹的场景。秋仪面如土灰，黑白相杂的衣袍在风中伤心地飘拂。后来她开始满地寻找树枝杂木，收拢了一起码在玩月庵的门前。农民们猜到她想引柴纵火，他们紧张地注视着事态的发展，议论她会不会带着火种。然而秋仪没带火种，也许她最后缺乏火烧玩月庵的勇气。秋仪后来坐在柴火堆上扶腮沉思了很长时间，其容颜憔悴而不乏美丽。竹林里的农民的目光一直追随着秋仪，有一个说，听说她从前是一个妓女。然后他们看见秋仪从柴火堆上站了起来，她脱下身上的黑袍，用力撕成几条，挂在庵门的门环上。秋仪里面穿的是一件蓝底红花的织锦缎紧身夹袄，色彩非常鲜艳。她站在玩月庵前环顾四周，在很短的时间内复归原状。农民们后来看见秋仪提着个小包裹，扭着腰肢，悄悄地经过了竹林，她的脸上并没有悲伤。

到了一九五四年，政府对旧社会遗留下来的妓女不再心存芥蒂，专门为妓女开设的劳动训练营几乎全撤销了。秋仪知道了这个消息，心中反而怅然，她想她何苦这样东躲西藏的，祸福不可测，如果当初不从那辆卡车上跳下来，她就跟着小萼一起去了。也许还不会弄到现在走投无路的局面。

秋仪回到她的家里时，姑妈很吃惊，她说，你真的回来了？再也不去庵里了？秋仪把小包裹朝床上一扔，说，不去了，做尼姑做腻了，想想还是回来过好日子吧。姑妈的脸色很难看，她说，哪儿会有你的好日子过呢？你是浪荡惯了的女孩，以后怎么办？秋仪说，不用你操心，我迟早要嫁人的，只要是个男的，只要他愿意娶我，不管是阿猫阿狗，我都嫁。姑妈说，嫁了以后又怎么办呢？你能跟人家好好过日子吗？秋仪笑了笑说，当然能，俗话说嫁鸡随鸡，嫁狗随狗，别人能我为什么不能？

　　姑妈一家对秋仪明显是冷淡的。秋仪也就不给他们好脸色看，做什么事都摔摔打打的。秋仪什么都不在乎，因此无所畏惧，只是有一次她扫地时看见了半张照片埋在垃圾里，捡照片的时候秋仪哭了。那是从一张全家福上撕下来的，光把秋仪一个人撕下来了。拍照时秋仪才八九岁的样子，梳着两条细细的小辫，对着照相机睁大了惊恐的眼睛。秋仪抓着半张照片，身体剧烈地颤动起来，她一脚踢开姑妈的房门，摇着照片喊，谁干的？谁这么恨我？姑妈不在，秋仪的表弟在推着刨子干木工活，表弟不屑地瞟了秋仪一眼，是我干的，我恨你。秋仪说，你凭什么恨我？我碍你什么事了？表弟说，你回来干什么？弄得我结婚没房子。你既然在外面鬼混惯了，就别回来假正经了，搅得家里鸡犬不宁。秋仪站在那儿愣了会儿，突然佯笑着说，你倒是实在，可是你不摸老娘的脾气，有什么事尽管好好说，惹急了我跟你们白刀子进红刀子出。表弟的脸也转得快，马上嬉笑着说，好表姐，那么我就跟你商量了，求求你早点嫁个人吧，你要是没有主我来当媒人，东街那个冯老五对你就很有意思。秋仪怒喝了一声，闭上你的臭嘴，我卖×卖惯了，用得着你来教？说着用力把门一撞，人就跟跄着走出了家门。

冬天的街道上人迹稀少，秋仪靠着墙走，一只手神经质地敲着墙和关闭的店铺门板，不仅是冬天的街道，整个世界也已经空空荡荡。秋仪走过凤凰巷，她忘不了这条小巷，十七岁进喜红楼之前她曾经在这里走来走去，企盼一个又英俊又有钱的男人把她的贞操买走。她拒绝了许多男人，最后等来了老浦。如果说十七岁的秋仪过了一条河，老浦就是唯一的桥。在这个意义上秋仪无法忘记老浦给她的烙印和影响。那时候凤凰巷里的人都认识秋仪，几年过去了，社会已经起了深刻的变化，现在没有人朝秋仪多看一眼，没有人认识喜红楼的秋仪了。秋仪走过一家羊肉店，听见店里有人喊她的名字，一看是瑞凤。瑞凤从店里跑出来，一把拉住她的手说，真的是你？你不是进尼姑庵了吗？秋仪说，不想待那儿了，就跑出来了。瑞凤拍拍手说，我说你迟早会出来，翠云坊的女孩在尼姑庵怎么过呢？瑞凤嘻嘻地笑了一气，又说，你去哪里？秋仪说，哪里也不去，满街找男人呢。瑞凤会意地大笑起来，硬把秋仪拉进羊肉店喝羊汤。

原来瑞凤就嫁了这家羊肉店的老板。秋仪扫了一眼切羊糕的那个男人，虽然肥胖了一些，面目倒也老实和善。秋仪对瑞凤说，好了，都从良了。就剩下我这块槽头肉，不知会落到哪块案板上。瑞凤说，看你说得多凄惨，你从前那么红，男人一大把，还不是随你挑。秋仪说，从前是从前呀。说完就闷着头喝羊汤。瑞凤突然想起什么，说，对了，忘了告诉你，小萼生了个儿子，八斤重呢。你吃到红蛋了吗？秋仪淡然一笑，默默地摇摇头，过了一会儿又问，他们两个过得好吗？瑞凤说，好什么，听说老是吵架，小萼那人你最了解，爱使小性子，动不动寻死觅活的。我看小萼是死不了的，倒是老浦非让她缠死不可。秋仪低着头说，这是没办法的，一切都是天意。瑞凤说，你要去看他们吗？秋仪又摇头，她说，结婚时去看过一次就够了，再也不想见他们。

秋仪起身告辞时，瑞凤向她打听婚期，秋仪想了想说，快了，凑合一下就快了。瑞凤说，你别忘了通知我们，姐妹一场，喜酒都要来喝的。秋仪说，到时再说吧，要看嫁给什么人了。

半个月后,秋仪嫁给了东街的冯老五,秋仪结婚没请任何人。过了好久,有人在东街的公厕看见秋仪在倒马桶,身后跟着一个鸡胸驼背的小男人。昔日翠云坊的姐妹们听到这个消息都惊诧不已,她们不相信秋仪会把下半辈子托付给冯老五,最后只能说秋仪是伤透了心,破罐子破摔了。她们普遍认为秋仪的心里其实只有老浦,老浦却被小萼抢走了。

老浦给儿子取名悲夫。小萼说,这名字不好,听着刺耳,不能叫乐夫或者其他名字吗?老浦挥挥手说,就叫悲夫,有纪念意义。小萼皱起眉问,你到底是什么意思?老浦抱起儿子,凝视着婴儿的脸,他说,就这个意思,悲夫,老大徒伤悲,想哭都哭不出来啦。

小萼坐月子的时候,老浦雇了一个乡下保姆来,伺候产妇和洗尿布。老浦干不来这些零碎杂事,也不想干。咬着牙请了保姆,借了钱付保姆的工钱。这样过了一个月,老浦眼看着手头的钱无法应付四口之家,硬着头皮就把保姆辞掉了。小萼事先不知道此事,她仍然等着保姆送水潽蛋来,等等不来,小萼就拍着床说,想饿死我吗?怎么还不送吃的来?老浦手里握着两只鸡蛋走进来,他说,你自己起来烧吧,保姆辞掉了。小莼说，你怎么回事？辞保姆也不跟我商量，我坐月子，你倒让我自己起来烧。老浦说，再不辞就要喝西北风了，家里见底了你又不是不知道。小莼白了老浦一眼，五根金条，鬼知道是怎么折腾光的。老浦的眼睛也瞪圆了，梗着脖子喊，我现在不赌不嫖，一分钱也不花，不都是你在要吃好的要穿好的？你倒怪起我来了。小莼自知理亏，又不甘认输，躺到被窝里说，不怪你怪谁，谁让你没本事挣大钱的？老浦说，你还以为在旧社会，现在人人靠工资吃饭，上哪儿挣大钱去？除非我去抢银行，除非我去贪污公款，否则你别想过阔太太的日子了！

　　小莼仍然不肯起床做家务，老浦无奈，只好胡乱做些吃的送到床边，不是咸了就是淡了，小莼皱着眉头吃，有时干脆推到一边不吃。老浦终于按捺不住，砰地把碗摔在地上。老浦说，不吃拉倒，我自己还愁没人伺候呢。你这月子坐到什么时候才完？小莼和怀里的婴儿几乎同时哭了起来，小莼一哭起来就无休无止。后来惊动了楼上的张家夫妇，张太太下楼敲着门说，小莼你不能哭了，月子里哭会把眼睛哭瞎的。小莼说，哭瞎了拉倒，省得看他的脸。但是张太太的话还是有用，小莼果然不再哭了。又过了一会儿，小莼窸窸窣窣地起了床，披了件斗篷到厨房里去，煎煎炸炸，弄了好多碗吃食，一齐堆在碗橱里，大概是想留着慢慢吃。

这个时期老浦回家总是愁眉紧锁、唉声叹气的。儿子夜里闹得他睡不好觉，老浦猛然一个翻身，朝儿子的屁股上打了一巴掌。小萼叫起来，你疯啦，他才多大，你也下得了这毒手。老浦竖起自己的手掌看了看，说，我心烦，我烦透了。小萼往老浦身边凑过去，抓住他的手说，你再打，连我一起打，打死我们娘俩你就不烦了。老浦抽出自己的手，冷不丁地打了自己一记耳光，老浦哑着嗓子说，我该死，我该打自己的耳光。

第二天老浦从公司回来，表情很异常。他从西装口袋里摸出一叠钱，朝小萼面前一摔，你不是嫌我没本事挣钱吗，现在有钱了，你拿去痛痛快快地花吧。小萼看着那叠钱疑惑地问，上哪儿弄来这么多钱？老浦不耐烦地说，那你就别管了，我自然有我的办法。

靠着这笔钱，小萼和老浦又度过了奢华惬意的一星期。小萼抱着悲夫上街尽情地购物，并且在恒孚银楼订了一套黄金饰物。小萼的心情也变得顺畅，对老浦恢复了从前的温柔妩媚。直到有一天，天已黑透了，老浦仍不见回来。来敲门的是电力公司老浦的两个同事。他们对小萼说，老浦出了点事，劳驾你跟我们去一趟吧。小萼惊惶地看着来人，终于意识到了什么。她把悲夫托给楼上的张太太，匆匆披上件大衣就跟着来人去了。

在路上，电力公司的人直言不讳地告诉小萼，老浦贪污了公款，数目之大令人不敢相信。小萼说不出话，只是拼命拉紧大衣领子，借以遮挡街上凛冽的寒风。电力公司的人说，老浦过惯了公子少爷的生活，花钱花惯了，一下子适应不了新社会的变化。这时小萼开始呜咽起来，她喃喃地说，是我把老浦坑了，我把老浦坑了。

老浦坐在拘留所的一间斗室里，看见小萼进来，他的嘴唇动了动，但是没有说话。老浦的脸色呈现出病态的青白色，未经梳理的头发凌乱地披垂在额上。小萼走过去，抱住他的头，一边哭着一边用手替他梳理头发。

没想到我老浦落到这一步。老浦说。

没想到我们夫妻缘分这么短，看来我是再也回不了家了。你一个人带着悲夫怎么过呢？老浦说。

等悲夫长大了别让他在女人堆里混，像我这样的男人没有好下场。老浦最后说。

老浦站起来，揽住小萼的腰，用力亲她的头发、眼睛和嘴唇。老浦的嘴唇冰凉冰凉的，眼睛里闪烁着一种茫然而空洞的白光。小萼无法忘记老浦给她的最后一吻，它漫长而充满激情，几乎令人窒息。直到很久以后，小萼想起与老浦的最后一面，仍然会浑身颤抖。这场急风暴雨般的婚姻，到头来只是一夜惊梦，小萼经常在夜半发出梦魇的尖叫。

昔日翠云坊的妓女大多与老浦相熟，一九五四年三月的一天，她们相约到旧坟场去送老浦最后一程，看见老浦跪在那里，嘴里塞着一团棉花，老浦没穿囚服，身上仍然是灰色的毛料西装。当枪声响起，老浦的脑袋被打出了血浆，妓女们狂叫起来，随即爆发出一片凄厉的恸哭，有人尖叫，都是小萼，都是小萼害了他。

小萼没有去旧坟场。老浦行刑的这一天，小萼又回到玻璃瓶加工厂上班，她的背上背着儿子悲夫。小萼坐在女工群里，面无表情地洗刷着无穷无尽的玻璃瓶。到了上午十点钟光景，悲夫突然大声啼哭起来，小萼打了个冷战，腾出一只手去拍儿子。边上有个女工说，孩子是饿了吧？你该喂奶了。小萼摇了摇头，说，不是，是老浦去了。可怜的老浦，他是个好人，是我把他坑了。

秋仪也没有去送老浦。从坟场回来的那群女人后来聚集到秋仪的家里，向秋仪描述老浦的惨相。秋仪只是听着，一言不发。秋仪的丈夫冯老五忙着给女客人殷勤地倒茶。秋仪对他说，你出去吧，让我们在这里叙叙。冯老五出去了，秋仪仍然没有说话。等到女人们喝完了一壶茶，秋仪站起来说，你们也出去吧。人都死了，说这说那的还有什么用？我想一个人在这里待着，我心里乱透了。

这天晚上下了雨，雨泼打着窗外那株梧桐树的枝叶，张家的小楼在哗哗雨声中像一座孤立无援的小岛。小萼抱着悲夫在室内坐立不安。后来她看见窗玻璃上映出秋仪湿漉漉的模糊的脸。秋仪打着一把伞，用手指轻轻地弹着窗玻璃。

小萼开门的时候，眼泪止不住淌了下来。秋仪站在门口，直直地注视着小萼，她说，小萼，你怎么不戴孝？小萼低着头回避秋仪的目光，嗫嚅着说，我忘了，我不懂这些，心里乱极了。秋仪就从自己头上摘下一朵小白花，走过来插在小萼的头发上。秋仪说，知道你会忘，给你带来了。就是雨太大，弄湿了。小萼就势抱住秋仪，哇地哭出声来，嘴里喊着，我好悔，我好怕呀，是我把老浦逼上绝路的。秋仪说，这是没有办法的事，男女之事本来就是天意，生死存亡就更是天意了。你要是对老浦有情义，就好好地养悲夫吧，做女人的也只能这样了。

秋仪抱过悲夫后就一直不放手，直到婴儿酣然入睡。秋仪看着小萼给婴儿换尿布脱小衣裳，突然说，你还是有福气，好歹有一个胖儿子。小萼说，我都烦死了，你要是喜欢就抱走吧。秋仪说，当真吗？当真我就抱回家了，我做梦都想有个儿子。小萼愣了一下，抬头看秋仪的表情。秋仪背过身去看着窗外，我上个月去看医生了，医生说我没有生育能力，这辈子不会怀孩子了。小萼想了想说，没孩子也好，少吃好多苦。秋仪说，你是饱汉子不知饿汉子饥。吃点苦算什么？我是不甘心呀，说来说去都是以前自己造的孽，谁也怨不得。

两个人坐着说话，看着窗外。雨依然下着，说话声全部湮没在淅淅沥沥的夜雨中了。小萼说，雨停不了，你就陪我一夜吧，我本来心里就害怕，有你在我就不怕了。秋仪说，你不留我我也不走，我就是来陪你的，毕竟姐妹一场。

午夜时分，小萼和秋仪铺床睡下，两个人头挨着头，互相搂抱着睡。秋仪说，这被头上还有老浦的头油味。小萼没有说话。过了一会儿，秋仪在黑暗中叹了口气说，这日子过得可真奇怪呀。

只听见雨拍打着屋顶和梧桐，夜雨声幽幽不绝。

小萼做了一年寡妇。起初她仍然带着悲夫住在张先生的房子里，以她的收入明显是缴不起房租和水电费的。玻璃瓶加工厂的女工向小萼询问这些时，小萼支支吾吾地不肯回答，后来就传出了小萼和说评弹的张先生私通的消息。再后来小萼就带着悲夫搬到女工宿舍来了，据说是被张太太赶出来的。小萼额上的那块血痂，据说是张太太用醒木砸出来的，血痂以后变成了疤，一直留在小萼清秀姣好的脸上。

第二年小萼就跟个北方人走了。那个北方男人长得又黑又壮，看上去四十岁左右的年纪。玻璃瓶厂的女工都认识他。她们说他是来收购一种墨绿色的小玻璃瓶的，没想到把小萼也一起收购走了。

离乡的前夜，小萼一手操着包裹一手抱着悲夫，来到秋仪的家。秋仪和冯老五正在吃晚饭，看见小萼抱着孩子无声地站在门洞里。秋仪放下筷子迎上去，小萼已经慢慢地跪了下来。我要走了，我把孩子留给你。秋仪慌忙去扶，小萼你说什么？小萼说，我本来下决心不嫁人，只想把悲夫抚养成人，可是我不行，我还是想嫁男人。秋仪把小萼从地上拉起来，看小萼的神色很恍惚，像梦游一样。

秋仪抱过悲夫狠狠地亲了一下，然后她又望了望小萼，小萼坐在椅子上发呆。秋仪说，我料到会有这一天的。我想要这个孩子。小萼哇的一声哭了，竹椅也在她身下咯吱咯吱地哀鸣。秋仪说，别哭了，悲夫交给我你可以放心，我对他会比你更好，你明白这个道理吗？小萼抽泣着说，我什么都明白，就是不明白我自己是怎么回事。

去火车站给小萼送行的只有秋仪一个人。秋仪原来准备带上悲夫去的，结果临出门又改变了主意，光是拎了一兜水果话梅之类的食物。在月台上，秋仪和小萼说着最后的悄悄话，小萼的眼睛始终茫然地望着远处的什么地方。秋仪说，你在望什么？小萼苍白的嘴唇动了动，我在找翠云坊的牌楼，怎么望不见呢？秋仪说，哪儿望得见牌楼呢，隔这么远的路。

后来火车就呜呜地开走了，小萼跟着一个男人去了北方。这是一九五六年的事。起初秋仪收到过小萼托人代笔的几封信，后来渐渐地断了音讯。秋仪不知道小萼移居北方的生活会是什么样子。到了悲夫能认字写字的年龄，秋仪从箱底找出小萼写来的四封信，用红线扎好塞进炉膛烧了。悲夫的学名叫冯新华，是小学校的老师取的名字。冯新华在冯家长大，从来没听说过自己的身世，从来没有人告诉他那些复杂的陈年旧事。

冯新华八岁那年，在床底下发现了一只薄薄的小圆铁盒，是红绿相间的，盒盖上有女人和花朵的图案。他费了很大的劲把盖子拧开，里面是空的，但是跑出一股醇厚的香味，这股香味挥之不去。冯新华对这只小铁盒很感兴趣，他把它在地上滚来滚去地玩，直到被秋仪看到。秋仪收起那只盒子，锁到柜子里。冯新华跟在后面问，妈，那是什么东西？秋仪回过头，神情很凄恻。她说，这是一只胭脂盒，小男孩不能玩的。

园　艺

这幕家庭晨景一如既往，动荡的阴云遮蔽的只是它一半的天空。

一

事情似乎缘于孔家门廊上的那些植物和俗称爬山虎的疯狂生长的藤蔓。春天以来孔太太多次要丈夫把讨厌的爬山虎从门廊上除掉，在庭院里种上另一种美丽的茑萝，但酷爱园艺的孔先生对此充耳未闻，他认为以茑萝替代长了多年的老藤是一种愚蠢无知的想法。

我讨厌它们，你没看见那条老藤，爬的都是虫子。孔太太用鸡毛掸子敲着垂下门廊的一条枝蔓，她说，除掉它们，种上一架茑萝，前面罗太太家的门廊种的就是茑萝，你去看看，已经开了许多花了，小小的、红红的，看上去多漂亮。

种上茑萝也会有虫子的。孔先生正想去他的牙科诊所，他整理着皮包往门外走，嘴里敷衍着妻子。但孔太太把鸡毛掸子横过来堵住了他的去路。

我不管茑萝有没有虫子，我就要让你换上茑萝。孔太太沉下了脸说，跟你说过多少遍了，你就是把我的话当耳边风；今天别去诊所了，今天你在家给我把这些讨厌的老藤都除掉。

我没工夫，诊所有手术做，改日再说吧。孔先生的脸色也难看起来，他拨开了挡道的鸡毛掸子，又轻轻地朝妻子推了一把。孔先生一步跳到街道上，回过头来说了一句很恶毒的话，去找你那位花匠吧，让他来干这活，你正好一举两得。

孔太太对这句话的反应是失态的，她用力将手里的鸡毛掸子朝孔先生的后背掷去。正要破口大骂的时候，看见几个过路人朝她这边侧目而视，孔太太于是强忍住心头的怒火，退回到门廊里，砰地把大门撞上了。

初春的午后，散淡的阳光落在孔家的庭院里，花圃中的芍药和四季海棠呈现出一种懒散的美丽，有蜜蜂和蝴蝶在庭院上空嗡嗡地奔忙。在阳光照不到的院墙下面，性喜温湿的凤尾竹和兰草在阴影里郁郁葱葱地生长。即使是这些闲植墙下的植物，它们也被主人修剪得异常整齐悦目。到过孔家的人都知道，孔家夫妇在梅林路地段是著名的园艺爱好者。

现在孔太太独自坐在庭院里生闷气，那张福建出产的藤椅和它的主人一起发出沉闷的呼吸声。孔太太大概有四十岁左右的年纪，脸上未施脂粉，眼角周围依稀可见睡眠不足的痕迹。她穿着墨绿色的丝绒旗袍，坐在藤椅上腿部不可避免地暴露了许多，虽然还有长筒丝袜，细心的窥视者还是能发现孔太太的小腿肚子未免粗了一些，在梅林路地段的各种社交场合中，孔太太的小腿肚子是唯一会引起非议的部位。

孔太太独自坐在藤椅上生闷气。她的膝头放着棒针和一堆灰色的毛线，那是准备给儿子令丰织一件背心的。但整个午后孔先生那句话仍然在门廊内外恶毒地回荡，孔太太织毛线的心情在回味和猜忌中丧失殆尽，她想她跟姓徐的花匠到底有什么见不得人的事，什么也没有，真的什么也没有，她不能平白无故地让孔先生抓下一个话柄。孔太太用棒针的针端一下一下地戳自己的手掌，掌心有一种微微的刺痛。孔太太突然又联想到孔先生近来的种种异常，他已经多日没有过问庭院里的花草了，早晨浇水都让女佣干，而且孔太太发现孔先生换下的内裤上有一处可疑的污渍。孔太太坐在藤椅上越想越气，她决心用最常见的办法向孔先生报以颜色。等到决心已定，孔太太就起身往厨房那里走，隔着厨房的窗子对择菜的女佣说，阿春，今天少做点菜，先生晚上不回来。

自鸣钟敲了几个钟点，令丰从外面回来了。孔太太看见儿子回来，急急地赶上前去把大门关上并且插上了铁质门闩。

为什么插门闩？父亲还没回家吧。令丰看了看他母亲，他注意到她脸上是一种怒气冲冲的表情。

你别管，去客厅吃饭吧。孔太太开始在铁质门闩上加一把大挂锁，锁好了又晃晃整扇大门。她说，今天不让他回家，他差点没把我气死了。谁也不准给他开门，我倒要看看他怎么样。

你们又在闹了。令丰不屑地笑了笑，然后疾步穿过了庭院，经过三盆仙人掌的时候令丰停留了一会儿，他蹲下来摸了摸仙人掌的毛刺，这是令丰每天回家的习惯动作。仙人掌一直是被孔家夫妇所不齿的热带植物，他们认为这种来自贫民区窗台的植物会破坏整个花圃的格调，但对于园艺素来冷淡的令丰对它却情有独钟。令丰少年时代就从城北花市上买过第一盆仙人掌，带回家的当天就被孔太太扔到街上去了。令丰又买了第二盆，是一盆还没长出刺的单朵仙人掌，他把它放在自己卧室的窗台上，结果孔太太同样很及时地把它扔出了家中。那时候令丰十四岁，他不理解母亲为什么对仙人掌如此深恶痛绝，而孔太太也对儿子古怪的拂逆之举大为恼火。孔太太没想到培养俗气的仙人掌竟然是令丰少年时代的一个梦想。几年以后令丰第一次去电力公司上班，回家时带了三盆仙人掌，令丰对孔太太说，你要是再把我的仙人掌扔掉，我就把你们的月季、海棠全部挖掉。

令丰站在前厅门口换鞋，两只脚互相蹭了一下，两只皮鞋就轻轻飞了出去，一只朝东，一只朝西。令丰看见饭菜已经端到了桌上，他姐姐令瑶正端坐在饭桌前看书，嘴里含着什么食物忘了嚼咽，腮部便鼓凸起来，这使令瑶的脸显得很难看。令丰走过去挑起令瑶的书的封面，果然不出他所料，还是那本张恨水的《啼笑因缘》。

一本烂小说，你看了第几遍了？令丰说。

令瑶没有抬头，也没有接令丰的话茬。

他们又在闹了，是不是还为门廊上那架老藤？令丰绕到令瑶的背后，看令瑶仍然不理睬他，他就轻轻拈住令瑶的一根头发，猛地用力一揪。令瑶果然跳了起来，她捂住头发尖叫了一声，顺势朝令丰啐了一口。

令瑶仍然不跟令丰说话。令瑶说起话来伶牙俐齿，但她经常会从早到晚拒绝与人说话，包括她的家人。

你们的脑子全出毛病了。令丰佯叹了一声，他把令瑶的一茎发丝拎高了看看，然后吹一口气把它吹走了。

令丰还没有食欲，不想吃饭，他拍打着楼梯栏杆往楼上走，走到朝南的凉台上。凉台上没有人，也没有晾晒的衣物，孔太太养的两只波斯猫坐在帆布躺椅上面面相觑，令丰赶走了猫，斜倚在躺椅上。每天下班回家他都会在凉台上坐一会儿，这也是令丰在家中唯一喜欢的去处。现在孔家庭院和庭院外的梅林路以及整个城市西区的景色都袒露在令丰的视线里。黄昏日落，殖民地城市所特有的尖顶和圆顶楼厦被涂抹成梦幻似的淡金色，早晨放飞的鸽群像人一样迎着夕阳纷纷归家，几辆人力车正从梅林路上驶过，车轴的咯吱咯吱的摩擦声和车夫的喘气声清晰地传进令丰的耳朵，令丰还隐约听见哪家邻居的留声机正在放着梅兰芳或者尚小云的唱腔。

孔太太在楼下喊令丰下去吃饭，令丰假装没有听见，他把帆布躺椅端起来换了个方向，这样他躺着就可以看见西面的那栋公寓的窗口和凉台。公寓的凉台离令丰最多三十米之距，中间隔了几棵高大的悬铃木和洋槐，正是那些疏密有致的树枝帮助了令丰，使令丰的窥视变得隐秘而无伤大雅。

西面的公寓里住着一群演员，三个男的，五六个女的，令丰知道他们是演电影和话剧的，他曾经在画报上见过其中几个人的照片。男的都很英俊，女的都美丽得光彩照人，而且各有各的风韵。那群演员通常也在黄昏时分聚会，围成一圈坐在凉台上，他们的聚会很热闹，高谈阔论、齐声唱歌或者是男女间的打情骂俏。有时他们会做出一些古怪而出格的举止，令丰曾经看见一个剪短发的女演员攀住一个男演员裤子的皮带，她慢慢地往男演员的裤子里倒了一杯深棕色的液体（大概是咖啡），旁边的人都仰天大笑。那群人有多么快乐。令丰每次窥望西邻时都这么想，他听见他们纯正的普通话发音，看见女演员的裙裾和丝袜在落日下闪烁着模糊的光点，令丰觉得他很孤独。

令丰，你怎么还不下来？孔太太又在楼下喊了，你不想吃饭了？不想吃就别吃了，我让阿春收桌子了。

令丰懒得跟母亲说话，心情突然变得很烦躁，西邻凉台上的那群演员正在陆续离去，最后一个女演员拎着裙角在桌椅之间旋转了一圈、两圈，做了一个舞蹈动作，然后她的窈窕的身影也从那个凉台上消失了。令丰端起帆布躺椅放回原来的位置，这时候他看见一辆人力车停在门廊外面，他父亲正从车上跳下来，令丰注意到父亲朝后面紧跟着的另一辆车说了句什么。那辆车上坐着一个穿蓝白花缎旗袍的女人，令丰没看清那个女人的脸，因为她像外国女人那样戴了一顶白色的大帽子，帽檐遮住了脸部，而且那辆车很快就从梅林路上驶过去了。

孔先生站在门外开始敲门。

孔太太在第一记敲门声响起的时候就冲出前厅，挡住了通往门廊的路。孔太太挡住了女佣阿春，又挡住了令瑶，她用一种尖厉而刚烈的声音说，不准开门，谁也不准给他开门。孔太太的话似乎是有意说给门外的孔先生听的，她继续高声说，他的心已经不在家里，还回家干什么？回家就是吃饭睡觉，不如去住旅馆呢。孔太太拾起一只玻璃瓶子朝门廊那儿掷去，玻璃瓶子爆裂的声音异常响亮，孔太太自己也被吓了一跳。

孔先生站在门外更加用力地敲门，敲了一会儿仍然没有人来开门，孔先生骂了一句，然后就开始用脚踢门，木门哐当哐当地摇晃起来。

踢吧，你踢吧，孔太太在里面咬牙切齿地说，让左邻右舍看看你在干什么，把门踢倒了你算是厉害，反正我们不会给你开门。

孔先生踢了几脚就不踢了，大概他也害怕让邻居发现他现在的窘境。孔先生朝后退了几步，踮起脚尖，目光越过门廊上那架惹是生非的爬山虎藤朝家里张望，他看见儿子令丰站在凉台上，孔先生就喊起来，令丰，快下来给我开门。

令丰仍然站在凉台上一动不动，他的表情漠然。令丰看了看庭院里的母亲，又看了看被关在门外的父亲，他说，你们闹吧，我不管你们的事。令丰最后看见父亲的手绝望地滞留在他的嘴边，父亲的表情显得有些古怪。

那时候天色已经渐渐地灰暗了。

谁也说不清孔先生后来是否回来过。女佣阿春半夜里偷偷地起来卸下了门锁，让门虚掩着，她希望孔先生从虚掩之门中回家，而且她相信这是做仆人的最讨好主人的举动，给孔家夫妇一人一个台阶下。阿春没想到自己白费苦心，那天夜里孔先生并没有回家。

他是活该。孔太太蹲在花圃里给一丛黄月季剪枝，她的脸上是一种得胜后的表情。孔太太双手紧握长把花剪，毫不犹豫地剪掉几根月季的横枝，边剪边说，今天我还要把他关在门外，不信我就弄不过他。

但是第二天孔先生没有回家。

第三天孔先生仍然没有回家。

女佣阿春连续几夜没敢合眼,她时刻注意门廊那儿的动静,但是孔先生并没有回来敲门。

孔太太在家里终于坐不住了,她叫了辆人力车赶到孔家开设的牙科诊所去。诊所里一切都正常,患有牙疾的人坐在长椅上等待治疗,独独不见孔先生。孔先生的助手方小姐现在替代了孔先生的位置,她用一把镊子在一个男人的嘴里认真地鼓捣着。孔太太对方小姐一向反感,她不想跟方小姐说话,但方小姐眼尖,她把镊子往男人嘴里一撬,插在那里,自己就跑过来跟孔太太说话。

病好了?方小姐亲热地拉住孔太太的手臂,她观察着孔太太的眼色说,孔先生到底医术高明,这么几天就把你的病治好了?

什么病?孔太太觉得莫名其妙,她诧异地反问一句,我好好的生什么病了?

我是听孔先生说的,他说你病了,病得不轻,他说他要给你治疗,这一阵他不来诊所了。

孔太太杏目圆睁,盯着方小姐的涂过口红的两片嘴唇,半天说不出话。过了一会儿她恢复了常态，脸上浮起一丝讥讽的笑意。她问方小姐，他说我得了什么病？

不好说。方小姐忸怩着观察孔太太的脸部表情和衣着，她说，我看你不像得了那种病的人。

什么像不像的？你告诉我，他说我得了什么病？

精神病。方小姐终于吐出这三个字，又匆忙补充了一句，孔先生大概是开玩笑的。

精神病？开玩笑的？孔太太重复着方小姐的话，她的矜持而自得的脸突然有点扭曲。孔太太轻蔑地瞟了瞟方小姐，转过身去想着什么，她看见旁边的工作台上堆满了酒精瓶子和形形色色的金属器械，其中混杂了一只青瓷茶杯，那是孔先生喝茶用的茶杯。孔太太的一只手下意识地举起来，手里的小羊皮坤包也就举起来，它准确地扫向孔先生的茶杯，工作台上的其他瓶罐杂物也顺势乒乒乓乓地滚落下来。

孔太太冲出牙科诊所时脸色苍白如纸。在人力车上她发现一颗沾血的黄牙恰恰嵌在她的坤包的夹层口上，孔太太差点失声大叫，她把那颗讨厌的黄牙裹进手帕里一齐扔掉，心里厌恶透顶，眼泪在不知不觉中沾湿了双颊。

167

孔先生失踪了。

令丰看见他母亲和姑妈在前厅里说话,她们好像正在谈论这件事,两个女人都阴沉着脸。令丰不想参与她们的谈话,他想绕过她们悄悄地上楼,但姑妈在后面叫住了他。

令丰,你怎么不想法找找你父亲?

上哪儿去找?我不知道他去哪儿了。令丰低着头说,令丰的手仍然拉着楼梯的扶栏。

你那天怎么不给你父亲开门?姑妈用一种叱责的语气对令丰说,你父亲那么喜欢你,可他喊你开门你却不理他。

她不让我们开门。令丰朝他母亲努努嘴唇,他说,我不管他们的事,我从来不管他们的事。

什么开门不开门的?他要是真想回家,爬墙也爬回来了。孔太太掏出手绢擦了擦眼角,她的眼睑这几天始终是红肿的。孔太太叹了口气说,他的心已经不在家里了,院子里那些花草从不过问,他还到处说我得了精神病,我看这样下去我真的要被他气出精神病来。

令丰这时候忍不住扑哧笑出声来,很快又意识到笑得不合时宜,于是就用手套捂住嘴。他发现姑妈果然又白了他一眼。

怎么办呢？夫妻怄气是小事，最要紧的是他的消息，他失踪这么多天，你们居然还都坐在家里。姑妈不满地巡视着前厅里每一个人的脸，然后她说，没办法就去报警吧。

不。孔太太突然尖声打断说，报什么警？你不怕丢孔家的脸我还怕呢。什么失踪不失踪的，他肯定是跟哪个女人私奔了。

令丰的一只脚已经踏上了楼梯，他回头看了看母亲，猛地想起那天跟在父亲后面的人力车，那个戴白色大圆帽的陌生女人。令丰觉得他母亲有时候很愚蠢，有时候却是很聪明的。

南方的四月湿润多雨，庭院里所有的花卉草木都在蓬勃生长，蔷薇科的花朵半含水意竞相开放，观叶的植物在屋檐墙角勾勒浓浓的绿影碧线，这是园艺爱好者愉悦而忙碌的季节。对于梅林路的孔家而言，这年四月今非昔比，庭院四周笼罩着灾难性的阴影，孔太太每天在花木和杂草间徘徊着唉声叹气。她养的小波斯猫不谙世事，有一天在兰花盆里随意便溺，孔太太差点用剪刀剪掉它的尾巴。

孔太太心情不好，四月将尽，失踪的孔先生依然杳无音信。

孔太太的惶惑和怨恚开始漫无目的地蔓延，侵袭家里的每一个人。孔太太怀疑女佣阿春那两天是不是睡死了，或者故意不起来给夜归的孔先生开门。阿春矢口否认，而且回话中不免带有阴阳怪气的成分，孔太太一下就被激怒了，她端起桌上刚熬好的参汤，连汤带锅全都泼到了阿春身上。

女佣阿春红着眼圈跑到令瑶的房间里诉苦，令瑶还在看张恨水的小说，目光飘飘忽忽地时而对阿春望一望，时而又落在书页上，也不知道她听进去了没有。女佣阿春诉了半天苦，令瑶突然问，你在说什么？最后令瑶总算弄清了阿春的委屈，她就对阿春说，别去理她，让她去发疯好了，她这是自作自受。

其实令瑶自己也未能避免她母亲的责难。下午令瑶洗过澡把换下的衣服塞给女佣阿春，孔太太在旁边厉声喊起来，阿春，不准洗她的衣服，让她自己动手洗。令瑶觉得她母亲的火气莫名其妙，低声嘀咕了一句，神经病。令瑶赌气自己端着盆往井边走，听见她母亲不依不饶地说，都是没良心的货色，从小把他们当奇花异草地养大，宠惯了他们，现在就这样对待父母。

莫名其妙。令瑶站在门边笑了一声，回过头问，你天天骂这个骂那个的，到底要让我们怎么样呢？

你知道该怎么样。孔太太拍了拍桌子尖声说，那天你为什么不给你父亲开门？你知道你要是硬去开门我不会拦你，你为什么就不去给他开门？

莫名其妙，是你不让我们去开门，怪得了别人吗？令瑶说完就端着盆走出了前厅。女佣阿春也跟出去了，阿春总是像影子似的跟着她，这种亲昵的关系曾经受到孔太太的多次讥嘲，但她们只把它当成耳边风。

剩下孔太太一个人枯坐在前厅，浊重地喘着气。天色已经暗下来了，室内的光线是斑斑驳驳的碎片，孔太太的脸看上去也是一团灰白，只有一双曾经美丽的眼睛放射着焦灼而悲愤的光。孔太太已经一天未进食物了，现在她觉得有点饿，她站起来到厨房里端了一碗藕粉圆子，在角落里慢慢地吃，孔太太不想让谁看见她又进食的事实。厨房的窗子就对着庭院的水井，孔太太现在在暗处注意着在井边洗衣的令瑶和女佣阿春，令瑶和阿春的亲密关系让孔太太感到不舒服，虽然这种状态由来已久，但孔太太总是难以接受，她觉得令瑶对阿春居然比对她要亲密得多。

孔太太看见她们蹲在井台上洗衣服，窃窃低语着什么。她猜她们是在议论自己，轻轻走过去把耳朵贴着窗玻璃听，果然就听见了一句，好像是令瑶说的，神经病。孔太太的心被猛地刺了一下，刚刚培养的食欲立刻就消失了，胃里涌上一股气，它翻滚着似乎要把她的前胸撑碎了。孔太太放下吃了一半的甜点，眼泪像断线的珍珠似的淌下来，孔太太就捂着胸跟跄着跑到了前厅，匆匆找了点清凉油涂在额角上，她真的担心自己一口气回不上来，发生什么意外。

孔太太捂着胸坐在前厅里，等儿子令丰回家。到了该回家的时间令丰却没有回家，孔太太有点坐立不安。令瑶和阿春洗完衣服回来随手拉了电灯，发现孔太太像胃疼似的在红木椅上扭动着身子。女佣阿春倒了杯水递过来，试试探探地问，太太是不是不舒服了？

我从来就没有舒服的日子。孔太太厌恶地推开水杯，她的目光仍然盯着门廊那儿，令丰怎么还没有回家？你们知道他为什么不回家？

令丰大概是去打听先生的消息了。女佣阿春说。

他要是有这份心就好了，只怕又是在电影院里泡着。孔太太突然佯笑了一声，用一种幸灾乐祸的语气说，好坏也算个圣贤后裔，父子俩身上哪里有什么书卷正气，都是不成器的东西，别人背地里不知道怎么说我们孔家呢。

正说着令丰从外面回来了，腋下夹了一卷厚厚的纸。令丰一边换鞋一边朝前厅里的三个女人笑着，看上去令丰今天的心情很好。

你手里夹的什么？孔太太朝令丰瞟了一眼。

没什么，是几张电影海报，你们不感兴趣的。

现在这种时候，你还有这份闲心去看电影？孔太太说，你也是个大男人了，家里遇上这么大的事，你却袖手旁观，你就不能想法打听一下你父亲的下落？

我怎么袖手旁观了？上午我去过报社了，有一个朋友在报社供职，我让他帮忙登一个寻人启事。

谁让你登寻人启事了？我跟你们说过多少遍了，这种不光彩的事少往外张扬，别人看到了报纸一猜就猜得到是怎么回事。孔太太皱紧了眉头，挥手示意女佣阿春退下。等到阿春退出前厅，孔太太换了一种哀婉的眼神对儿子看着，泪水一点点地流了出来，很长时间也不说话。

你到底想让我怎么做呢？令丰感到有点不安，他似乎害怕接触母亲的目光，扭过脸望着四面的墙壁。令丰想着刚刚带回家的电影海报,它们是贴在前厅墙上还是贴到他楼上的卧室里?

在一阵沉默过后孔太太终于想出了一个令人意料不到的计策。去找一个私人侦探,孔太太突然说,你明天就去找一个私人侦探,弄清楚你父亲到底跟哪一个女人跑了,到底跑到什么地方去了。

私人侦探?令丰嘻地笑起来,他说,你不是开玩笑吧?

谁有心思跟你开玩笑?孔太太厉声喊了一句,马上又意识到什么,于是声音就压低了,我知道凤鸣路上有几个私人侦探,对门李家黄金失窃就是找的他们,陈太太捉她男人的奸也找的他们。孔太太说,明天你就去凤鸣路,不管花多少钱都要把这事办了,我就不信找不到他的人。

私人侦探那一套我都懂,你请他们找父亲不如找我呢,令丰半真半假地说,我收费比私人侦探低,你付我二百大洋就行了。

孔太太的喉咙里发出一声含糊的呻吟,你早就让我寒心了。孔太太说着从桌布下抽出一个牛皮信封抓在手中,明天你就带着钱去凤鸣路,她斜睨着儿子,要是这点事也办不了,你也别回家见我了,你们都走光了我也落一个清净。

令丰走过去把牛皮信封揣在西装的暗袋里，手在上面拍了拍。我明天就去凤鸣路，令丰说，不过你这钱要是扔在水里可别怪我，父亲也不是迷路的小孩，他要是想回家自己会回家，他要是不回家你也没法把他拉回家。令丰发现他的最后几句话有效地刺痛了母亲，孔太太的脸在刹那间呈现了木然和惊惶交杂的神态，但是这种神态稍纵即逝，孔太太很快就恢复了她的自信，唇边浮起一丝讥讽的笑意。

他不回家是他的事，我怕什么？孔太太对令丰说，你说我怕什么？家产他带不走，房子他也带不走，他愿意跟哪个下贱货走就走吧，你们都走了我也不怕，好在我养了满园子花草，养了猫，猫和花草都比你们通人性，有它们陪我我也不会闷死。

令丰一时无言以对，他看见母亲的脸在暗淡的灯光下显得苍白可怖，他突然发现她很像前不久上映的一部僵尸片里的女鬼，这个发现使令丰觉得既滑稽又可怕，于是令丰就嘻嘻笑着往楼上走。而孔太太却不知道儿子为什么突然发笑，她愠怒地盯着儿子细长瘦削的背影，儿子的背影比他父亲年轻也比他父亲优雅，但孔太太却从中看到了同样冷漠、自私和无情无义的细胞。上梁不正下梁歪，孔太太立刻想起了这句古老的民谚并脱口而出。

二

在霏霏晨雨中令丰来到了凤鸣路,这条狭窄而拥挤的小街对于令丰是陌生的,街道两侧的木楼破陋杂乱,而且似乎都朝一个方向倾斜着。石子路下面大概没有排水道,雨水在路面上积成大大小小的水洼,水洼里漂着垃圾、死鼠甚至人的粪便。令丰打着一把黑布洋伞,经过水洼时他不得不像歌舞明星一样做出各种跳跃动作。令丰怀疑这种地方是否真的有什么称职的私人侦探,同时也觉得这次雨中之行多少有些荒谬的成分。

猛地看见一座木楼上挂了一块显眼的招牌:小福尔摩斯,私人侦探,承办各类疑难案件。令丰站住了,仰起头朝楼上望,歪斜的楼窗用黑布遮得严严实实的,什么也看不见。令丰想他倒不妨先见见这个小福尔摩斯。令丰就收起雨伞敲门,应声开门的是一个蓬头垢面的老女人。

我找小福尔摩斯。令丰说。

谁？老女人似乎没听清，将耳朵向令丰凑过来：我听不清，你到底要找谁？

我找小福尔摩斯。令丰朝楼板指了指，话没说完自己先笑起来。

你找那个东北房客？他已经欠了我两个月房租了，欠了钱还骂人，他不是个好人。你要是他的熟人，就先替他还了房租吧。

我比他更穷，一分钱也没有。令丰笑着把雨伞倚在门边，绕过老女人的身体往阁楼上走。楼梯上很黑，每走一步楼板就咯吱响一下。令丰掏出打火机点上，举着一点火苗往阁楼上走。一只幼小的动物与令丰逆向而行，嗖地穿过他的双腿之间，估计那是一只老鼠。令丰谨慎地观察四周，他想这地方倒是酷似那些侦探片里的凶杀现场。

阁楼上的竹片门紧闭着，令丰敲门敲了很长时间，里面响起了一个东北人的不耐烦的声音：大清早的谁在敲门？令丰想了想就模仿着东北口音说，我是小华生，是你的好搭档。门被里面的人怒气冲冲地打开了，令丰借着打火机的火焰看清了一张年轻而凶悍的脸。

你是什么人？敢跟我开玩笑？那人伸出手来抓令丰的衣

领：大清早的你来搅我睡觉，你是欠揍还是疯了？

不开玩笑。令丰机警地躲开那只手，他退到一边把打火机举高了打量着对方，你就是小福尔摩斯？令丰忍不住又哂笑起来，他说，你有多大了？还不到二十吧？

别管我年龄多大，什么样的案子我都能查。那个东北男孩一边穿裤子一边对令丰说，快说吧，你找我办什么案子？

找一个人，他失踪了。

找人好办，先付三百块定金，我保证一个星期之内找到人。

人要是死了呢？

那就把尸体送还给你，一样是一个星期之内，收费也一样。

一个活人，一个死人，收费怎么能一样？我看你这个小福尔摩斯没什么道理吧？

你先别管我有没有道理，想办案子就先付三百块定金，付了钱我再陪你说闲话。

钱我带上了。令丰拍了拍西装的口袋，然后他毫不掩饰他对东北男孩的蔑视，说，不过把钱交给你我不放心，交给你还不如交给我自己呢。

令丰的一只脚已经退到了竹片门外，另一只脚却被东北男孩踩住了。令丰发现对方的眼睛里射出一种神经质的凶残的白光，令丰有点后悔自己的言行过于轻率了。

你他妈的是拿我开心来了？开了心就想溜？东北男孩脚上的木屐像一把锁锁住了令丰的左脚，令丰无法脱身，于是他换了温婉的口气说，好吧，就算我不对，你说你要我怎么办吧，我向你道歉行不行？

拿钱来。东北男孩猛然大叫了一声，你他妈的存心搅我的好梦，不办案子也要付钱，付二十块钱来。

我看你们东北人是穷疯了，这不是乱敲竹杠吗？令丰低声嘀咕着，他试图把自己的皮鞋从那只木屐下抽出来，但东北男孩的体力明显优于令丰，令丰想他只有自认倒霉了。他一边从西装暗袋里摸钱一边向对方讨价还价，给你十块钱行不行？令丰说，算我倒霉吧，给你十块钱不错了。

二十块钱，一块也不能少。东北男孩坚决地摇着头说，我要付房租，还要吃饭，二十块钱哪儿够？

你付不起房租吃不到饭也是我的错？令丰哭笑不得，低头看那只可恶的木屐仍然紧紧地踩压着自己的新皮鞋。令丰朝天做了个鬼脸，终于把二十块钱响亮地拍到对方手掌上。

令丰逃也似的跑到楼梯上，回头看见那个自称小福尔摩斯的男孩木然地站在原地不动，令丰就朝着那个黑影高声说，不就二十块吗？就当我给儿子的压岁钱啦。

跑到外面的凤鸣路上，看看空中仍然飘着斜斜的雨丝，令丰想起他的雨伞还在那栋破木楼里，就返回去敲门。

喂，把雨伞给我。令丰边敲边喊。

哪儿来的雨伞？老女人躲在门后说。

在门背后放着呢。令丰又喊。

门背后没有雨伞。老女人仍然不肯开门。

令丰立刻意识到老女人猥琐的动机，他想他今天真是倒了大霉了，碰到的尽是些明抢暗夺的人。你们这种人穷疯了！令丰狠狠地朝门上踹了一脚，他不想为一把伞再和老女人费什么口舌，于是怏怏地沿着屋檐往凤鸣路深处走。从檐缝漏下的雨水很快打湿了令丰的礼帽和西装衬肩，令丰感到一种陌生而坚硬的冷意。

令丰躲着雨线走了大约一百米，果然看见了王氏兄弟侦探所的招牌。他记得母亲曾提起过这家侦探所，令丰对凤鸣路的私人侦探虽然已不感兴趣，但他想既然路过了就不妨进去看一看。

这家侦探所似乎正规了许多，里面有两间不大不小的办公室，门厅里有布面沙发和电话机。令丰推开其中一间的门，看见里面一群男女围着一个秃顶男人吵嚷着什么，他没有听清其他人七嘴八舌的内容，只听见秃顶男人高声说，有线索了，告诉你们有线索了，你们还吵什么？令丰吐着舌头退出来，他觉得在私人侦探所出现这种乱哄哄的局面简直不可思议，它与令丰看过的侦探电影大相径庭。令丰又推开另一间办公室的门，这里倒是显得清静，一个时髦而妖冶的女人拖着一条狗向另一个秃顶男人诉说着什么。令丰想原来王氏兄弟都是秃顶，怪不得会有点名气。

那个女人正从提包里掏着什么，掏出来的东西用手帕包裹着，上面有星星点点的血迹，女人小心翼翼地打开手帕，说，就是这只耳朵，你看那个凶手有多狠心。

令丰果然看见一只血淋淋的耳朵，由于隔得远，他无法判定那是人的耳朵还是动物的，令丰怀着好奇心悄悄走进去，在椅子上坐下，专注地听着他们的谈话。

我去过警察局了，他们不管这事，女人重新抱起膝盖上的狗，愤愤地说，警察局的人都是吃饭不管事的蠢猪。

秃顶侦探用镊子夹起那片耳朵审视了一番，是新的刀伤，他皱着眉头说，你能不能给我看看它的伤口？

不行，别再弄疼它了。它已经够可怜的了。女人突然把狗紧紧地抱住，用嘴唇亲亲狗的白色皮毛，我的宝贝，我不能再让它受苦了。女人的声音猛地又悲愤起来，你一定要帮我查到凶手，到底是谁害了我的宝贝？

令丰现在弄清了这件案子的内容，忍不住嘻地笑了一声，这时候他看见了女人怀里的那条卷毛狗，狗的右耳部位缚着白纱布，就像一个受伤的人。

这位先生请到外面等一会儿。秃顶侦探向令丰很有礼貌地点了点头。

我走，这就走。令丰连忙站起来朝外面走，因为欲笑不能他的脸看上去很滑稽。令丰刚刚跨出门槛，听见后面的女人离开椅子追了上来，女人说，喂，你不是梅林路孔家的二少爷吗？

令丰站住了，端详着那个抱狗的女人，对不起，我好像不认识你。

我是你母亲的姨表妹呀。女人亲昵地拍了拍令丰的肩膀，几年没见，你都成了个风度翩翩的美男子了，跟你父亲长得一模一样。

对不起，我真的不记得你。令丰有点惶恐地盯着女人涂满脂粉的脸和猩红的嘴唇，他不知道该如何应酬这个陌生的女亲戚。

你怎么也上这儿来了？是不是你家的狗也被人割了耳朵？

不，我不是为了狗。令丰边说边退，但他发现女亲戚过于丰满的身体正向他穷追不舍地靠拢、逼近。

不为狗？为人？女亲戚的眼睛闪闪发亮，你家出什么事了？

没出什么事，我只是随便到这里玩玩。令丰嗫嚅道。

到这里玩？不会的，你肯定在骗我。

真的只是玩玩，我真的只是想见识一下私人侦探什么样子。

你母亲好吗？她没事吧？

她很好，气色比你好多了。

那么你父亲呢，他也好吗？

他也好，两只耳朵都还长在脑袋上。

我听说你父亲跟一个女戏子好上了，是不是真的？

我不知道，你去问他好了。令丰已经无法忍受女亲戚不怀好意的饶舌,终于不顾礼仪地夺路而走,走到王氏兄弟侦探所门外的石阶上,令丰不由得喘了一口粗气,他听见那个女亲戚在里面气咻咻地骂道,什么狗屁圣人后代,一点礼貌教养都不懂。

外面的雨已经变得很细很疏了,太阳在肥皂厂的烟囱后面泛出一圈淡淡的橙红色,凤鸣路一带的空气里飘浮着一种腐烂的蔬果气味。令丰尽量绕着地面的积水走,但新买的皮鞋仍然不可避免地溅上泥浆。有人在露天厕所旁哗哗地刷洗马桶,雨后的空气因而更加复杂难闻了。令丰一手捂鼻一手提着裤管走,脑子里不时浮现出那只血淋淋的狗耳朵,他觉得在私人侦探所里的所见所闻既令人厌恶又荒唐可笑,不管怎样,令丰决定再也不来这条烂街了。

出了凤鸣路好远,令丰才看到第一辆黄包车,人就获救似的跳上去。车夫问他去哪里,令丰考虑了一下说,电影院,先去美丽华电影院吧。令丰记得昨天晚报的电影预告里美丽华正在放卓别林的《摩登时代》,这部片子他已经看过两遍,现在他要看第三遍。令丰知道自己对卓别林的迷恋是疯狂的,令丰在电影院或者在家中的床上,经常幻想自己是卓别林,幻想自己在银幕上逗全世界发笑，他清楚那只是幻想而已，但对于令丰那确实是一件美好的事情。

春雨初歇的街道上行人稀少，黄包车被年轻力壮的车夫拉得飞快。经过耶稣堂边的一条弄堂时，令丰想起他的小学同窗谈小姐就住在这条弄堂里，令丰灵机一动，约一个女孩同坐毕竟比独自一个看电影要浪漫一些，于是他让车夫把黄包车停在弄堂口稍等片刻，令丰想试试自己是否有足够的魅力，可以临时把一个女孩从家里约出来。

谈小姐家的窗口对着街道，令丰在楼下喊了一声谈小姐的名字，对方居然应声推开了楼窗。令丰仰首看见一个微胖的烫发的女孩倚窗而立，她的表情看上去既惊又喜：孔令丰，是你喊我吗？

肯赏光陪我去看电影吗？

看电影？什么电影呀？谈小姐莞尔一笑，一只手绞着花布窗帘：孔令丰，你上楼来说话好了。

不上楼了，肯赏光你就下来，黄包车在弄堂口等着呢。

楼上的谈小姐忸怩着朝下面张望了一番，终于说，我跟我母亲商量一下，你等一会儿。

令丰在外面等了足足有一刻钟之久，无聊地数着路面上铺的青石条，心里不免有些恼火，他想谈小姐论出身、论容貌都无法与己匹配，何必要像电影里的贵妇人一样姗姗来迟。好不容易看见谈小姐从石库门里出来，门后有张女人的脸诡秘地一闪而过，令丰猜那是谈小姐的母亲，他觉得这种举动庸俗而可笑，不过是一起去看个电影，何必要躲在门后偷看？令丰想，我并没打算做你家的女婿，一切不过是星期天的消遣而已。

谈小姐似乎匆匆地梳妆过了，眉毛和眼睛都画得很黑，穿了件腰身嫌紧的旗袍，胸部和髋部显得异乎寻常地硕大。令丰忍住了批评她服饰打扮的欲望，他知道所有女人都不喜欢这方面的批评。两个人相视一笑，隔了双拳之距朝弄堂口走，互相都意识到此情此景有点突如其来的怪味。

孔令丰，怎么突然想起我来了？谈小姐跨上黄包车时终于说了她想说的话，她用手绢在嘴唇线四周小心地擦拭着，短促地笑了一声。我们又有半年没见面了，上回见面还是在校友会上吧？谈小姐瞟了眼令丰，说，亏你还知道我家的住址。

这两天闷得厉害，特别想看电影。令丰朝街道两侧随意观望着，听见自己懒散的回答不太得体，马上又改口道，我出来办点事，路过这里来看看你，不是很正常的事吗？

你够忙的，星期天也在外面忙，忙什么呢？

私事。是我父亲的事，不，应该说是我母亲吩咐的事。

忙完了就找个女孩陪你看电影，你过得还是这么舒心。

事情还没个眉目呢，先搁一边吧，我不喜欢操心我家里的事。我喜欢电影和戏剧，你喜欢吗？喜欢卓别林吗？

我喜欢胡蝶，谈小姐忽然来了兴致，以手托腮想了想，我还喜欢袁美云，不过她的眼睛小了一点。

他们不是一回事。令丰敏感地意识到谈小姐的回答其实牛头不对马嘴，她对电影的见解明显流于世俗，令丰对谈小姐感到失望，一下又无话可说了。

黄包车穿越了城市繁华的中心，在雨后出门的人群中绕来拐去地走，令丰的腿和胳膊不时和谈小姐发生接触，他发现谈小姐的脸上隐隐泛出酡红，目光也有点躲躲闪闪的。令丰心里暗暗好笑，毕竟是个没见过世面的小家碧玉，就那么碰几下也值得脸红吗？

谈小姐等着令丰开口说话，但令丰却只是心不在焉地观望着街景，谈小姐就只好没话找话说了。

我母亲想拔两颗牙，谈小姐说，我知道你父亲是最好的牙医，能不能让我母亲去找你父亲拔牙？

行，不，不行。令丰的目光从街景和路人中匆匆收回，那句话脱口而出，我父亲失踪了。

失踪？为什么失踪？谈小姐惊愕地追问。

令丰发现自己已经违背了母亲的意愿，他居然轻易地把一个秘密泄露给谈小姐了。令丰有些懊悔，但转而一想这也不是什么大不了的事。

没什么，令丰对谈小姐懒懒地说，他们吵架，他没回家，然后他就失踪了。

人都失踪了你还说没什么，你不去找他吗？

要是找得到也不叫失踪了。这种事情着急没用，谁也不能确定他为什么失踪，电影里的悬念就是这样，所以你着急也没用，必须看到结尾才知道是怎么回事。

你父亲都失踪了，你却还在说电影里的东西，你还要去电影院？谈小姐的目光直直地滞留在令丰脸上，企盼他对她的疑惑做出解释。她发现令丰不以为然地把脑袋枕在车篷上，忍不住朝他推了一下。谈小姐说，孔令丰，天下没有你这样的铁石心肠，哪里有你这样的铁石心肠？

咦，你何必大惊小怪的？令丰朝谈小姐讥讽地咂着舌尖，他说，是我父亲失踪，又不是你父亲失踪，我不着急你着什么急？

谈小姐一时无话可说，令丰冷眼看着她僵坐的姿态和脸上的表情。令丰觉得谈小姐的脸现在暴露出愚昧和呆傻的本性，他因此更加轻视她了，早知道谈小姐是这么无趣无味，还不如另外约一个女孩。

两个人别别扭扭地进了电影院，里面黑漆漆的，片子已经开始了。令丰熟门熟路地带着谈小姐找到座位，突然发现两个人的座号虽然连着，中间却恰恰隔了一条过道。谈小姐在黑暗中站着，似乎在等待令丰换座或做出适宜的安排，但令丰已经急迫地在过道那一侧坐下，脑袋向银幕自然地倾抬起来。银幕上的卓别林头戴高顶礼帽、手持文明棍、脚蹬大皮鞋，像一只瘦小而精致的鸭子在黑暗中浮游。令丰发出一阵被克制过的咔咔的笑声，他伸出手指了指谈小姐，大概是示意她在过道那一侧坐下来。

谈小姐只好掂起旗袍角坐下，嘴里不自觉地漏出一句流行的市井俚语，"十三点"，但她没让过道另一侧的令丰听到。

电影放过一半，令丰朝谈小姐的座位望望，人已经不见了，谈小姐什么时候走的他居然毫无察觉。令丰隐隐地感到不安，谈小姐明显是被他气走的，他也不知道自己是怎么回事，常常会把好事弄糟了，想做绅士却缺乏绅士的风范和耐心。令丰在黑暗中效仿银幕上的卓别林，耸肩、踢鞋、做啼笑皆非的表情，心情便轻松了许多，转念一想，女人天生就是心胸狭窄、喜怒无常的，即使是小家碧玉的谈小姐也莫不如此，随她去吧。

美丽华电影院离梅林路只隔了两个街区，令丰从电影院出来后决定步行回家，这样他可以在沿途的书报摊上从容地挑拣一些电影杂志和街头小报。令丰在闹市地段芜杂的人流里走着，身板笔挺，脚步富有弹性，他很注意从商店橱窗里反映出来的自己的形象，并且思考着自己与那些银幕偶像的异同之处。令丰觉得本地女性崇拜的赵丹、金焰和高占非们不足为奇，真正伟大的是以鸭步行走的卓别林。然后令丰设想着自己与卓别林的差歧，他现在有一种以鸭步行走的欲望，但他知道自己不会也不能这样在人流里行走，这使令丰感到一丝不可言喻的忧伤。电影里的世界离他毕竟太遥远了。

整整一天令丰在外面晃荡着，一事无成，他知道回家后难以向母亲交代，可是谁能知道父亲究竟跑到哪里去了？谁又能说清楚父亲的失踪与令丰本人有什么相干？令丰在书摊上买了几份画报杂志，站在路边随意地浏览着，晚报上的一则影剧广告引起了他的注意。

> 新潮剧社最新献演
>
> 《棠棣之花》
>
> 领衔主演：
>
> 白　翎　沈　默
>
> 陈　蓓　杨　非

广告下面男女主角的照片很醒目，令丰一眼就认出他们是他家西邻公寓里的两个演员。名叫白翎的就是那个剪短发的美丽活泼的女孩，令丰记得她曾经拿一杯咖啡往男演员的裤子里灌。令丰抓着晚报感到一种莫名的兴奋，他从来没有观看过那群邻居的演出，他想他一定要看一看他们在台上会是什么样子，尤其是那个名叫白翎的女孩，他对她始终怀有某种隐秘的好感。

暮色初降，街道两侧的酒楼店铺已经有霓虹灯闪闪烁烁，小贩们在街角叫卖瓜果炒货，过路人的脚步随天色变得匆匆忙忙。令丰从清泉大浴室边的弄堂拐进去，想抄近路回家吃晚饭，走了一段路后他又改变了主意。令丰想与其在饭桌上受母亲没完没了的盘问，不如在外面吃了。于是令丰折回来走进一家西餐社。他在临窗的座位上坐下时，对面电信局的顶楼大钟敲了六下，离新潮剧社演出还有一个半钟头，令丰正好可以享受一顿正宗的法式大餐，他觉得自己对这个星期天的安排几乎丝丝入扣。

台上的那出戏并不怎么精彩，而且名叫白翎的女演员的声音尖厉而平板，冗长乏味的台词让人无法感动。令丰架着腿，把肩部斜倚在简陋的木排椅上，审视着舞台上的每一个人物。令丰听见自己内心的声音：不如让我来演，你们滚下台去，让我来演肯定比你们好。

令丰现在跻身于一个偏僻街区的简陋的剧场，估计原先是那些外地小戏班子的演出场所，场内什么设施也没有，几盏白炽灯照着台上那群演员，他们始终扯着嗓子喊每一句台词，脸上汗水涔涔。令丰想所谓的新潮剧社原来是这么回事。木排椅上的观众稀稀落落，大多是从学校搭电车来的学生。

令丰在看戏过程中始终闻见一股不洁净的鞋袜的臭味，这使他觉得很不适应。

台上的演员终于依次谢幕，令丰跑出去从卖花女那里买了一束红月季花，绕到后台去。他看见名叫白翎的女演员正对着一面镜子，用纸巾狠狠地擦着脸上的粉妆，她的样子看上去正在生谁的气。令丰穿过后台杂乱的人堆，径直走上去把花束放在白翎面前。

别给我送花，我演砸了，我知道你们都在嘲笑我。女演员把花往桌边一推，侧过脸望着令丰，她的眼睛里还噙着些委屈的泪水：你是给我捧场的？她想了想，又问，你是不是觉得我演得好？

你比别人演得好。令丰含笑说道。

是真话还是捧场？

真话。我看戏是行家。令丰说，不骗你，我这方面真的是行家。

你也喜欢演剧吗？

喜欢，我要是上台肯定比他们演得好。

那你就来演吧，我们最缺的就是男演员。女演员白翎的眼睛闪过喜悦的光，她突然背过身向一个戴鸭舌帽的男子喊起来，导演，你要的男主角来了。

戴鸭舌帽的男子从一把梯子上跳下来，跑过来跟令丰握手，他一边用力捏紧令丰的手一边审视着他的全身上下。你的外形条件很好，导演把半截铅笔咬在嘴里，两只手在令丰身上随意摸了几下，可是我怎么觉得你像个光玩不做事的人？导演皱着眉头问，没演过戏吧？

没演过，但演一场就会了，这对我来说很容易。

你家里很有钱吧？

有，有点钱。令丰对这个问题摸不着头脑，他说，你这是什么意思？

有钱就行，我们剧社现在最需要的是钱，谁能出钱租剧场谁就当男主角。导演拍拍令丰的肩膀说，我发现你是块明星的料子，就这么定了吧，你筹钱再租十天剧场，来当我们的男主角。

是这么回事。令丰若有所思地点了点头，他朝旁边的女演员们环视了一圈，然后严肃地说，我要演的话得换个好剧场，我不在这种地方演戏。

换个好剧场起码要花两倍的租费，这笔钱上哪儿去弄呢？

钱不成问题，我自然会有办法。剩下的问题是我怎么参加你们的剧社，什么时候开始排练呢？

你搬到我们公寓来吧，多一个人多一份热闹，一起住着你也能尽快熟悉剧情和台词。

这是个办法。令丰突然想起什么，又说，你们公寓里有盥洗间吧？

有一间，公用的，男女共用的。

房间怎么样？是单人间吧？

是单人间，不过要住四个人，当然是男的跟男的住。导演盯着令丰的眼睛看，突然哈哈大笑起来，与此同时后台的所有人几乎都从各个角度注视着这位不速之客。

令丰的脸微微涨红着，他想掩饰这种突如其来的局促的表现，身体倏地就松弛下来，他第一次在众目睽睽之下表演了他模仿卓别林的才能：原地转圈，帽子朝上面升，裤腿往两侧抻，双脚并成一条横线，往前走，头向左面张望，再往前走，头向右侧张望。令丰朝女演员白翎那里走过去，他听见她的咯咯的孩童式的笑声，但是让令丰失望的是其他人毫无反应，女演员白翎的笑声因而显得刺耳和夸张。

令丰和新潮剧社的人一起吃了夜宵，然后才分手。他没有向他们透露双方是近邻这个巧合，他不想让他们知道他经常悄悄偷窥他们的生活，否则这件事情就变得没有意思了。

令丰像一只夜猫一样钻回家，走过庭院的时候他留意地看了看他的三盆仙人掌，他发现仙人掌在冷月清光下的剪影酷似三个小巧精致的人形怪兽，令丰冷不防被它们吓了一跳。然后他疾步走向前厅，脱下了皮鞋，隔着纱帘他看见了里面的灯光，看见母亲正端坐在灯下喝茶，令丰心里咯噔一下，很明显她在等他回来。

这么晚回家，是不是已经打听到你父亲的消息了？孔太太站起来，也许是对令丰的行踪估计不足，她的表情并不像往日一样暴怒。

打听到了一点。令丰下意识地说，从早晨到现在，我一直在外面跑，他们说父亲十有八九是跑到外埠去了。

你找私人侦探了吗？侦探怎么说？

找了，他们都想接这个案子，但收费一个比一个高。令丰定下神来在沙发上躺下，他侧过脸朝孔太太瞥了一眼，两百块钱根本不够。

他们想要多少？

人要慢慢找着看，费用也要花着看。令丰顿了顿说，你明天先给我四百块吧，我可以让他们卖力一点去找人，钱多好办事。

孔太太审视着令丰的表情，她说，怎么会要那么多钱？你肯定花冤枉钱了。

你天天在家养花种草的，外面的行情你不懂，要不然你自己去凤鸣路打听打听，又想要人又怕花钱怎么行？你如果怕我多花钱我就撒手不管了，你自己去办这事吧。

令丰说完就从沙发上跳起来，他发现自己的西装衣袖上染了一块红斑，像是胭脂，估计是在后台的演员堆里不小心弄脏的。令丰唯恐母亲注意到他的衣袖，匆忙脱下西装卷在手里，往楼上走。他看见令瑶和女佣阿春都披衣站在楼梯口，满脸狐疑地等他上楼。令瑶说，怎么弄到现在才回来？令丰没好气地朝她们挥挥手，睡你们的觉去，别都来审问我，难道我是在外面玩吗？这时候他们听见楼下的孔太太突然怒声喊道，光知道花钱，什么事也办不了，到时候落个人财两空，等着别人笑话孔家吧。

令丰充耳未闻，他想着西装衣袖上的那块红斑，怎样才能秘密有效地把它洗掉？他走进自己的房间迅速地撞上门，把急于探听孔先生消息的令瑶和女佣关在门外。令丰坐在床上对着那块衣袖上的红斑发愁，倏忽又想到西邻公寓里的那群演员，他们现在在干什么？想到自己即将和他们同台演戏，令丰感到新鲜而有趣，似乎看见他多年来日复一日的沉闷生活出现了一个灿烂的缺口。

在新潮剧社那群人的再三鼓动下，令丰决定搬到他们的公寓去住，令丰下此决心的重要原因在于女演员白翎，他已经被她火辣辣的眼神和妩媚的笑容彻底倾倒。对于令丰来说这也是超出以往交际经验的一次艳遇，他居然如此快速地动情于一个来自北方的爱吃蒜头的女孩。

有人在庐山牯岭看见了父亲。令丰一边收拾行李一边从容地对孔太太编造着理由，他深知这也是唯一的事半功倍的理由。我得去堵他，令丰说，搭今天的快班船走，必须在庐山堵住他，否则等他去了上游人就不容易找了。

庐山？孔太太半信半疑绕着令丰转，看见他和谁在一起了吗？

一个女人，他们说是一个女人。

废话，当然是一个女人，我在问你到底是哪一个下贱女人？

他们说是一个唱绍兴戏的戏子，对了，他们说她戴了一顶白色的圆帽，很漂亮也很时髦。

这时候孔太太听得全神贯注，令丰看见他母亲眼睛里有一簇火花倏地一亮，然后孔太太鼻孔里不屑地哼了一声，她说，我就猜到他勾搭上一个烂货，王蝶珠这种烂货，他居然跟她私奔了。

令丰不认识王蝶珠，孔太太脸上的猜破谜底的神情使他感到可笑。王蝶珠，令丰用一种夸张的声音念出这个名字。他想笑却不忍再笑，一句即兴编造的谎话已经使精明过人的母亲信以为真，这只是偶然的巧合，令丰心里隐隐地替母亲感到难过。

你去庐山几天？孔太太定下神来问道。

说不准，找到人就回来，我就是死拽硬拖也要把他弄回来。

你不会是自己去庐山玩吧？

怎么会呢？你把我当什么人了？令丰抓起牙刷在桌上笃笃地敲，嘴里高声抗议着，你要是不相信我我就不去了，是

199

你跟他在闹，关我什么事?

孔太太悲怨地看着儿子，没再盘问。过了一会儿母子俩的话题自然地涉及去庐山寻人的盘缠和费用上来，令丰当仁不让地跟孔太太讨价还价，最后争取到了六百块钱。令丰拿过钱往皮箱里一扔，心里暗想这笔钱恰恰与他允诺导演的租场费相符，事情的前前后后确实太巧了。

与来自北平城的女演员白翎天天形影不离，令丰的普通话有了长足的进步，这一点也印证了新潮剧社的人对他的评价：天生一块演员料子。不仅是说话的方式，令丰觉得他的整个生活发生了某种全新的变化。现在他摆脱了种满花草却令人厌烦的家宅，也逃避了公司职员琐碎乏味的事务，他秘密地来往于梅林路的演员公寓和市中心的剧院之间，每天像一头麋鹿一样轻盈而疾速地从孔家门前溜过。这种秘密而刺激的生活使令丰如入梦幻之境，也给他带来一份意料之外的喜悦。

令丰从演员公寓走廊的大镜子里发现自己变瘦了，瘦削的脸部看来比以前增添了几分英气和潇洒，令丰对此感到满意，无疑别人也对令丰的一切感到满意。女演员白翎在与令丰对台词的时候，常常不避众人地目送秋波。令丰预感到他们的关系很快会突破艺人圈打情骂俏的程式而发生什么，果然他的预感就被女演员白翎的一句悄悄话兑现了。

去盥洗间对台词。女演员白翎凑到他耳旁说了一句悄悄话。

令丰会意地一笑，他想装得不在乎，但是面颊却不争气地发烫了，身体绷得很紧。

怎么，你不敢去？女演员白翎的目光灼热逼人，她的一只脚从桌子底下伸过来在令丰的皮鞋上用力蹑了一下。

去就去。令丰微笑着说。

他们一先一后穿过剧社同人朝外面走，令丰在盥洗间门口迟疑的时候，听见后面传来几声别有用心的鼓掌声。他有点害怕这件事情的戏剧色彩，但是女演员白翎已经在盥洗间里了，他必须跟进去，不管他怎么想他决不让别人笑话他只是个自吹自擂的风月场中的老手。

女演员白翎的热烈和浪漫使令丰大吃一惊，她用双手撑着抽水马桶肮脏的垫圈，弯下腰，呢子裙已经撩到了背上。把门插上，她侧过脸命令令丰。令丰顺从地插上门，但他的手有点发颤，甚至呼吸也变得艰难起来。令丰倚着门，满脸通红地瞪着女演员白翎所暴露的部位,嘴里发出一种尴尬的短促的笑声。你笑什么?你还在等什么?女演员白翎用手拍着马桶垫圈。令丰呢喃着垂下头,这有点太、太、太那个了。你不敢来?女演员白翎猛地站起来放下裙子,轻蔑地瞄了令丰一眼:看来你有病,有钱人家的少爷都这样,嘴上浪漫,其实都是有病的废物。

令丰窘得无地自容,但他死死地把住盥洗间的门不让对方出去。令丰低垂的头突然昂起来,并且慢慢地逼近女演员白翎的胸部。谁说我不敢?谁说我有病?令丰抓住女演员的双肩慢慢地往下压,他的冲动在这个过程中从天而降。盥洗间里弥漫着便纸的酸臭和一丝淡淡的蒜味,四面墙壁布满了水渍和蜘蛛网,令丰的眼神终于迷离斑驳起来,在狂热的喘息声中他恍惚看见一顶巨大的白色圆帽,看见失踪多日的父亲和那顶白色圆帽在一片虚幻的美景里飘浮不定。

与女演员白翎两情缱绻后的那些清晨,令丰独自来到公寓的凉台,从此处透过几棵悬铃木浓密的树荫,同样可以窥视孔家庭院里的动静,只是现在的窥视已经变化了角度和对象,令丰觉得这种变化奇特而不可思议。

为了以防万一，令丰向导演借了副墨镜，他总是戴着墨镜在凉台上窥望自己的家。呈现在墨镜中的孔家庭院晦暗而沉寂，令丰看见女佣阿春在水井边浣洗毛线，看见姐姐令瑶坐在西窗边读书，看见母亲穿着睡衣提着花洒给她心爱的月季浇水施肥。这幕家庭晨景一如既往，动荡的阴云遮蔽的只是它一半的天空。令丰想起父亲暧昧的失踪，想起自己是如何利用父亲欺骗了母亲，终于尝试了崭新的富有魅力的演艺生活。令丰觉得恍若在梦中，恍若在银幕和舞台中，一切都显得离奇而令人发噱。

女佣阿春后来津津乐道于她首先识破令丰的大骗局。有一天为了置办孔太太喜欢的什锦甜羹的原料，女佣阿春一直跑到市中心的南北货店铺，当她买完货经过旁边的一家剧院时，恰巧看见令丰和一个浓妆艳抹的女人从黄包车里钻出来。女佣阿春怀疑自己看花眼了，追上去朝令丰喊了一声少爷，令丰下意识地回过头，虽然他很快就挽着那女人闪进剧院里去了，女佣阿春还是可以断定那就是令丰，令丰没去庐山或者从庐山回来却没有回家。

女佣阿春先把这事告诉了令瑶，令瑶不相信，而且她怀疑素来迷信的阿春又在装神弄鬼。女佣阿春就去禀告孔太太，孔太太的反应正是她所希望的。看来令丰真的把我骗了，孔太太用一种绝望而愤怒的目光望着桌上摊开的一张报纸，报纸上的一则花边新闻登载了越剧名旦王蝶珠昨日晕倒于戏台的消息，它也证明了令丰说话中的漏洞。现在孔太太确信她被亲生儿子骗了一场。

孔太太立刻带着女佣阿春出门，主仆二人心急火燎地找到那家剧院，闯进去看见的是一群陌生的正在打情骂俏的男女，好像是在排戏。孔太太不屑于与这帮混江湖的演员交谈，她冷静地环顾着剧院里的每一个人，不见令丰的人影。孔太太的目光停留在女演员白翎的脸上，出于女人或者母亲的敏感，她从那个女演员的身上嗅出了儿子残留的气息。经过一番矜持而充满敌意的目光交战，孔太太款款地走到女演员身边，她说，请你转告孔令丰，我已经跟他断绝母子关系，他永远别再踏进我的家门。

孔太太带着女佣阿春昂首挺胸地走出剧院，听见里面传出一阵粗俗的起哄的声音，孔太太的眼里已经贮满了愤怒和屈辱的泪水。在那家素负盛名的剧院门口，孔太太看见了《棠棣之花》的新海报，她看见了儿子的名字和照片喜气洋洋地占据着海报一角。孔太太立刻像风中杨柳一样左右摇摆起来,女佣阿春眼疾手快扶住了女主人,她听见女主人的鼻孔里发出持续的含意不明的冷笑。过了好久孔太太才恢复了矜持的雍容华贵的仪态,她甩开女佣阿春的手,从手袋里取出藿香正气丸吞下,然后她咽了口唾沫说,你看我嫁的是什么男人,养了个什么儿子,他们想走就走吧,全走光了我也不怕。女佣阿春就赔着笑脸安慰她道,不会都走光的,太太别伤心了,令瑶小姐不还在家陪你吗?孔太太径自朝黄包车走去,边走边说,什么狗屁圣贤后代,指望他们还不如指望小狗小猫呢。

在返回梅林路的途中,孔太太始终以丝帕掩面,情绪很不稳定,时而低声啜泣,时而怨诉她的不幸,时而咒骂令丰的不孝和丈夫的不忠。快到家的时候孔太太终于感到疲倦,抬起红肿的眼睛望望天空,天空呈现出一种灰蒙蒙的水意,雨积云在西方隐隐游动,快要下雨了。孔太太突然想起庭院里插植不久的香水月季,它们正需要一场平缓的雨水,孔太太想,这个春天对于她的花草倒是一个美好的季节。

令丰躲在戏台的帷幕后面亲耳听见了母亲最后的通牒，说这番话未免太绝情了，令丰想，何必要弄得大家下不来台？但是令丰深谙母亲的禀性为人，他知道她说得出也做得出，为此令丰只好取消了原来的计划。本来他是想回家与母亲继续周旋的，因为他已经向剧社的人夸下海口，回去一趟再弄一笔钱来，以解决新潮剧社到外埠演出的旅费。

现在一切都被戳穿了，令丰从帷幕后面出来时脸色苍白如纸。善解人意的演员们围住令丰七嘴八舌地安慰他，导演表示他还可以从别的途径弄到那笔旅费。令丰觉得他们的安慰其实是多余的，他并非为母亲的残酷通牒而难过，他耿耿于怀的是她当着这群人的面拆了他的台，使他斯文扫地，从这一点来说，令丰认为母亲的罪过已远远大于他玩弄的计谋，他决不原谅这个讨厌而可恶的女人。

整个下午令丰沉浸在一种沮丧的情绪中。导演很焦急，他认为这会影响令丰当天晚上的首次登台的效果，他把其他演员都遣散了，留下女演员白翎陪着令丰。于是偌大的剧场里只剩下《棠棣之花》的新任男女主角，女主角后来就坐到男主角的腿上，和他说着剧情以外的一些事情。

听说你父亲失踪了？是跟哪个女演员私奔了？女主角突然问。

失踪？焦躁不安的令丰恍若梦醒，对，我父亲失踪了。

现在怎么办呢？女主角又问。

怎么办？我跟你们去外埠演出。令丰答非所问。

我是说你父亲，你不想法找找他？

找过了，没找到，反正我是没本事找他了。令丰像好莱坞演员一样耸了耸肩，然后他说，我家里还有个姐姐，我走了她就脱不了干系了，我母亲会逼着她去找父亲的。

这天晚上《棠棣之花》在更换了男主角以后再次上演，观者反应平平。人们对孔令丰饰演的男主角不尽满意，认为他在舞台上拘谨而僵硬，尤其是对白在他嘴里竟然充满了本地纨绔子弟斗嘴调笑的风味，使人觉得整场戏都有一种不合时宜的滑稽效果。

《棠棣之花》的男主角后来又换了人选，令丰成为坐在后台提词的B角，这当然是令丰随新潮剧社去外埠巡回以后的事了。

三

春天滋生的家事终于把楼上的令瑶卷入其中，当孔太太阴沉着脸向她宣布令丰的忤逆和对他的惩罚时，令瑶惊愕地张大了嘴，半天说不出话来，打开的张恨水的新版小说像两扇门一样自动合拢了。现在令瑶意识到一块沉重的石头已经被家人搬到了她的肩上。

你父亲最疼爱你，他失踪这么多日子，你就一点不着急吗？孔太太果然话锋一转，眼睛带着某种威慑逼视着令瑶：你就不想到外面去打听一下他的下落？

他跟外面的女人在一起，是你自己说的。令瑶转过脸看着窗子。

不管他跟谁在一起，你们做子女的就这样撒手不管？令丰这个逆子不提也罢，你整天也不闻不问的让我寒心。孔太太说着火气又上升，声音便不加控制地尖厉起来：万一他死在外面了呢？万一他死了呢？

令瑶的嘴唇动了动，她想说那是你害了他，但话到嘴边又咽回去了，令瑶知道要是比谁刻毒她绝不是母亲的对手。

于是令瑶以一种息事宁人的态度面对母亲的诘难：要让我干什么你尽管吩咐，你让我怎么办我就怎么办。

孔太太也终于平静下来，她走过去挽住了令瑶的手，这份久违的亲昵使令瑶很不习惯，但她还是顺从地跟着母亲进了她的卧室。

母女俩谋划着寻找孔先生的新步骤，令瑶静静地听母亲列举那些与父亲有染的女人，她们决定由令瑶明察暗访，从那些女人身上寻找一些有效的线索。令瑶从心里反感这种偷偷摸摸的行为，但她深知自己已经无路可逃。在倾听孔太太的安排时，令瑶的目光下意识地滑向墙上的父亲的相片，父亲的脸被照相馆的画师涂得粉红娇嫩，嘴唇像女人似的鲜红欲滴，唯有那双未被涂画的眼睛真切可信，它们看上去温和而浪漫。多日以来令瑶第一次感觉到父亲的形象对于她已经遥远而模糊了，她竭力回忆父亲在家时的言行举止和音容笑貌，脑子里竟然一片空白，令瑶有点惶惑。与此同时，她对目前事态殃及自身又生出了一些怨恨，怨恨的情绪既指向父亲也指向母亲。事情是你们闹出来的，令瑶想，是你们闹出来的事情，现在却要让我为你们四处奔忙。

令瑶这一年二十五岁了，这种年龄仍然待字闺中的女孩在梅林路一带也不多见，这种女孩往往被人评头论足，似乎她身上多少有些不宜启齿的毛病。而令瑶其实是一个容貌清秀、举止高雅的名门闺秀，她的唯一缺陷在于腋下的腺体，在衣着单薄的季节它会散发出一丝狐臭，正是这个缺陷使令瑶枯度少女时光，白白错过了许多谈论婚嫁的好机会。令瑶的脾性慢慢变得沉闷和乖张，孔家除了孔太太以外的人都对她怀有一种怜香惜玉的感情。女佣阿春虽然也常常受到令瑶的呵斥，但她从不生令瑶的气。这家人数令瑶的心肠最好。女佣阿春对邻居们说，她脾气怪，那是女孩子家被耽搁出来的毛病。

第二天令瑶挟带着英国香水的紫罗兰香味出门，开始了寻找父亲下落的第一步计划。令瑶典雅而华丽的衣着和忧郁的梦游般的神情使路人瞩目，在春天生动活泛的大街上，这个踽踽独行的女孩显得与众不同。

按照孔太太提供的路线，令瑶先找到了越剧名旦王蝶珠的住所，那是幢竣工不久的西式小楼。令瑶敲门的时候闻到一股呛鼻的石灰和油漆气味，她不得不用手帕掩住了鼻子。

王蝶珠出来开门，令瑶看见的是一张贴满了薄荷叶的苍白失血的脸,她想起小报上刊登的王蝶珠晕倒在戏台上的消息,相信这位越剧名旦确实病得不轻。令瑶刚想自报家门,王蝶珠先叫起来了,是孔小姐吧,我到你家做客时见过你,什么风把你给吹来了?

王蝶珠很客气地把令瑶拉进屋里,两人坐在沙发上四手相执着说话。简短的寒暄过后,王蝶珠开始向令瑶诉说她的病症和晕倒在戏台上的前因后果。王蝶珠一口绍兴官话滔滔不绝,令瑶却如坐针毡,她的目光不由自主地滑向盥洗间、挂衣钩、楼梯及其他房间的门,希望能发现某些父亲留下的痕迹。

你怎么啦?王蝶珠似乎察觉到什么,她猛地松开令瑶的手,孔小姐你在找什么?

令瑶窘迫地涨红了脸,几次欲言又止,她想按母亲教授的套路去套对方的口风,但又觉得这样做未免是把王蝶珠当白痴了。于是令瑶情急中就问了一句:你怎么不养猫?

王蝶珠的脸色已经难看了,她揪下额上的一片薄荷叶放在手里捻着,突然冷笑了一声。我知道你在找什么了。她斜睨着令瑶说,怎么,你父亲失踪了就跑我这儿来找,难道我这儿是警察局吗?

不是这个意思。令瑶嗫嚅道,我只是想各处打听一下他的消息。

不瞒你说，我也是昨天才听说孔先生失踪了，王蝶珠换了一种坦诚的语气说，我有半年多没跟他来往了，孔先生那种票友我见多了，玩得来就玩，玩不来就散，没什么稀奇的。我就是要靠男人也不会靠孔先生的。

不是这个意思。令瑶又苦笑起来，她发现她无法跟这个女戏子做含蓄的交谈，只好单刀直入地问，你知道我父亲最近跟哪个女人来往吗？

王蝶珠认真地想了想，眼睛倏地一亮，对了，我听戏班的姐妹说孔先生最近跟一个舞女打得火热，大概是东亚舞厅那个叫猫咪的，孔先生说不定就让那个猫咪拐走了吧。

令瑶凭她的观察判断王蝶珠没有诓骗自己，她一边向王蝶珠道谢一边站了起来，就在这时她看见了大门后挂着的一顶白色的宽边帽子，它和令丰私底下向她描述的那种帽子完全相仿。令瑶忍不住问了一句：那顶白帽子是你的吗？

当然是我的，你问这问那的到底要干什么？王蝶珠勃然大怒，她抢先几步打开大门，做了一个夸张的逐客的动作。

关于白帽子的问题也使令瑶受到了一次意外的伤害，令瑶走过王蝶珠身边时看见她用手在鼻子前扇了几下，令瑶的心猛然一颤，疾步跑下了台阶。但是她害怕的那种语言还是清晰无误地传到她的耳边：熏死我了，哪儿来的狐狸钻到我家里来了？令瑶站住了回过头盯着倚门耍泼的王蝶珠，她想回敬对方几句，可是令瑶毫无与人当街对骂的经验，眼泪却不听话地流了下来。

令瑶用手帕掩面走了几步，终于止住了旋将喷发的哭泣，在一个僻静的街角，她从手袋里找出粉盒在眼睑下扑了点粉来遮盖泪痕。自从离开市立女中飞短流长的女孩堆以后，令瑶还是第一次受到这种羞辱，被刺破的旧伤带来了新的疼痛。令瑶脸色苍白地沿街道内侧走着，在一家服装店的橱窗前她站住了，她看见橱窗里陈列着一种新奇的女式内衣，袖口和腰部竟然都是用松紧带收拢的。令瑶四周观望了一番，毅然走进了那家服装店。

从更衣间出来，令瑶的心情好了一些，现在除了英国香水的紫罗兰香味，她的身上像所有女人一样正常。令瑶在服装店门前看了看手表，时间尚早，与其回家看母亲不满的脸色，不如去找一找那个舞女猫咪。她想假如能从舞女猫咪那儿了解到一星半点父亲的消息，她对母亲也算有所交代了。

舞女猫咪却很难找。东亚舞厅的大玻璃门反锁着，里面的守门人隔着玻璃对令瑶吼，大白天的哪儿来的舞女？她们现在刚刚睡觉，找猫咪到铁瓶巷找去。守门人发了一顿莫名其妙的脾气后又嘀咕道，谁都想找猫咪，连太太小姐也要找猫咪。

令瑶知道铁瓶巷是本地隐秘的达官贵人寻欢作乐的地方，所以令瑶拐进那条狭窄的扔满枯残插花的巷弄时，心跳不规则地加快了，她害怕被某个熟人撞见。最后令瑶像做贼似的闪进了舞女猫咪的住处。

这所大房子的复杂结构使令瑶想起张恨水小说里对青楼妓院的描写，她怀疑这里就是一个高级的妓院，只是门口不挂灯笼不揽客人罢了。令瑶惶恐地站在楼梯口驻足不前，有个茶房模样的男人上来招呼道，这位小姐有事吗？令瑶红了脸说，我找人，找舞女猫咪。茶房戒备地扫视着令瑶，又问，你找她什么事？猫咪上午不会客。令瑶急中生智，随口编了个谎话，我是她表姐，从外地回来看望她的。

令瑶按茶房的指点上了二楼，在舞女猫咪的房间外徘徊着，却怎么也鼓不起敲门的勇气。令瑶发现面向走廊的圆窗有一个裂口，她试着从裂口处朝里窥望，里面是一扇彩绘屏风，令瑶第一眼看见的居然是一顶白色的宽边帽子，它与令丰向她描述过的那种帽子一模一样，与王蝶珠的那顶也如出一辙，令瑶轻叹了一声，她的心似乎快跳出来了。彩绘屏风阻隔了后面的一对男女，令瑶只闻其声不见其人，他们似乎在调笑，舞女猫咪的笑声银铃般的悦耳动听，男人的声音却压得很低听不真切，令瑶无法判断那是不是失踪的父亲。走廊的另一端传来了茶房的脚步声，令瑶正想离开圆窗，突然看见彩绘屏风摇晃起来，后面的两个人似乎厮打起来，先是舞女猫咪俏丽年轻的身影暴露在令瑶的视线里，她咯咯地疯笑着绕屏风而逃；紧接着令瑶看见了那个男人，那个男人已经鬓须斑白，上身穿着一件毛茸茸的兽皮背心，下身竟然一丝不挂地裸露着。

令瑶惊叫了一声反身朝楼下跑，半路上遇见茶房，茶房想挡住她，但被令瑶用力推开了。令瑶一口气逃离了铁瓶巷，最后就倚着路灯杆喘着粗气。太恶心了，令瑶自言自语道，实在太恶心了。

这是一次意外的遭遇，令瑶后来失魂落魄地回到家，女佣阿春出来开门，她发现令瑶神情恍惚，脸色苍白如纸，似乎在外面受到了一场惊吓。

连续几天令瑶懒得说话，孔太太每次问及她出外打听孔先生消息的进展时,令瑶就以一种怨艾的目光回答母亲,手里捧着的是张恨水的另一本小说《金粉世家》。孔太太什么都问不出来,又气又急,上去抢过令瑶手里的书扔在地上。你们都着了什么魔?孔太太跺着脚说,一个个都出了毛病,这家究竟撞了什么鬼了?

令瑶冷冷地说,我不出去了,要打探父亲的消息你自己去。

让我自己去?好孝顺的女儿,你知道我关节炎犯了,知道我不好出门还让我去,你要让我短寿还是要我马上死给你看?

令瑶半倚在沙发上无动于衷,她瞟了眼地上的《金粉世家》,手伸到身后又摸出一本《八十一梦》翻着。过了一会儿她突然说了一句,什么也没找到,只看见了那种白帽子。

什么白帽子?谁的白帽子?孔太太追问道。

就是女人戴的白帽子,令瑶自嘲地笑了笑说,没什么用,后来我发现街上好多女人都戴那种白帽子。

孔太太终于没问出结果,她烦躁地摔摔打打着走出前厅,在庭院里漫无目的地踱步,她看见两只波斯猫在门廊前的土垒里嬉打。那是孔太太讨厌而孔先生钟情的爬山虎藤的发祥地。几年前孔先生用砖土砌那个花垒时夫妻俩就发生过争执，孔太太觉得丈夫为这棵爬山虎浪费的地盘实在太多了，而孔先生我行我素，他一直认为孔太太容不下他的所爱，包括这棵多年老藤。它是孔先生夫妇诸种争执的祸端之一。孔太太每天照顾着她心爱的花圃和盆景，但她从来未给爬山虎浇过一滴水，经过那个土垒时她也不屑朝里面望上一眼，假如那棵讨厌的老藤因无人照管而自然死亡，那是孔太太求之不得的事。

从早晨到现在两只波斯猫一直在那个花垒里嬉戏，孔太太不想让她的猫弄脏了皮毛，她过去把猫从里面抱了出来。花垒里的土看上去是翻过不久的，土层很松也很湿润，隐隐地散发着一股腥臭，孔太太不无怨恨地想他肯定又往土里埋死狗死鸡了，他总是固执地认为这是培养花木的最好途径，是园艺的关键，而孔太太则信仰草木灰和淡肥，他们夫妇的园艺向来是充满歧异的。

孔太太把波斯猫逐出花垒，眼睛里再次闪现出愤怒的火花。爬山虎藤下的死狗死鸡无疑是孔先生出门前夕埋下的，因为他唯恐它会长期缺乏营养而枯死，孔太太由此判断孔先生那天的寻衅和失踪都是他蓄谋已久的计划了。一阵东风吹来，满墙的爬山虎新叶飒飒地撞击着灰墙，而花垒里散发的那股腥臭越发浓重。孔太太捂着鼻子匆匆离开了门廊，她想她这辈子注定是要受孔先生的欺侮的，即使在他离家出走的日子里，他也用这种臭味来折磨她脆弱的神经。

孔先生失踪已将近一月，儿子跟着一个三流剧社去外埠演出了，女儿令瑶整天待在楼上拒绝再出家门，这是梅林路孔宅的女主人眼里的罕见的春季。以往孔太太最喜爱的就是草木薰香的四月，可是这年四月孔太太眼眶深陷瘦若纸人，她多次对上门的亲朋好友说，我快要死了，我快要被他们活活气死了。

随着明察暗访一次次无功而返，孔太太又把疑点集中在牙科诊所的方小姐身上。据孔太太安插在诊所的一个远房亲戚称，方小姐与孔先生关系向来暧昧，孔先生失踪后她也行踪不定起来，有时几天不来诊所上班。孔太太心里立刻有一种石破天惊的感觉，无论如何她要把赌注压在方小姐身上试一试。

孔太太开始催逼令瑶到方小姐家去。但是不管孔太太怎么晓以利害，令瑶依然沉着脸不置一词，逼急了就说，你自己去吧，你能浇花能剪枝，为什么自己不去？我看你的腿脚精神都比我好。一句话呛得孔太太差点背过气去。孔太太边哭边到桌上抓了一把裁衣刀说，你到底去不去？你不去我就死给你看，反正死了也落个省心，一了百了。

令瑶看着母亲发狂的样子不免惊慌失措，连忙放下小说往外面冲。我去，我这就去。令瑶的声音也已经接近哭号了，她把前厅的门狠狠地撞上，忍不住朝门上吐了口唾沫，活见鬼，天晓得，怎么你们惹的事全落到我头上来了？

外面飘着细细的斜雨，天空微微发暗，女佣阿春拿了把伞追到门外想给令瑶，令瑶手一甩把雨伞打掉了。

令瑶在微雨里走着，脸上的泪已经和雨珠凝成一片，现在她觉得自己就像张恨水笔下那受尽凌辱的悲剧女性，心里充满了无限的自怜自爱。方小姐家她是去过的，走过一个街区，从一家布店里走进去就到了。令瑶就这样很突兀地出现在方小姐家里，头发和衣裙被细雨淋透了，略显浮肿的脸上是一种哀怨的楚楚动人的表情。

方小姐却不在家，方小姐的哥哥方先生热情有加地接待了家里的不速之客，那是这个街区有名的风流倜傥的美男子。令瑶记得少女时代的夜梦多次梦见过这个男人，但现在让她湿漉漉地面对他，这几乎是一种报应。

多年不见，孔小姐越来越漂亮了。

令瑶很别扭地坐着以侧面回避方先生的目光，她假装没听到对方的恭维，我来找方小姐，有点急事。令瑶咳嗽了一声，你告诉我她在哪儿，我马上就走。

为什么这样着急？我妹妹不在，找我也一样，一般来说女孩子都不讨厌和我交谈。

我不是来交谈的，请你告诉我方小姐去什么地方了。

陪我父母回浙江老家了，昨天刚走。方先生说着朝令瑶温柔地挤了挤眼睛，然后他开了一个玩笑，什么事这么急？是不是你们合谋杀了人啦？

不开玩笑，你能告诉我她和谁在一起吗？

我说过了，陪我父母走的，当然和他们在一起。

真的和父母在一起？令瑶说。

真的，当然是真的，是我送他们上的火车。方先生突然无声地笑了，他注视着令瑶的侧影说，这一点不奇怪，我妹妹现在还单身呢，能跟谁在一起？方先生掏了一支雪茄叼在嘴上慢慢地点着烟丝，他在烟雾后叹了口气，现在的女孩怪了，为什么不肯嫁人？好像天下的好男人都死光了似的。孔小姐现在也还是独身吧?

令瑶的肩膀莫名地颤了一下,她转过脸有点吃惊地看了看方先生,那张白皙而英俊的脸上洋溢着一种不加掩饰的自得之色。他在居高临下地怜悯我,他在揶揄我,他在嘲弄我。令瑶这样想着身体紧张地绷直了,就像空地上的孤禽提防着猎手的捕杀。他马上就要影射我的狐臭了,令瑶想,假如他也来伤害我,我必须给他一记响亮的耳光。

但是方先生不是令瑶想象的那种人,方先生紧接着说了一番难辨真假的话。我妹妹脾气刁蛮,模样长得又一般,她看上的人看不上她,别人看上她她又看不上别人,自己把自己耽搁了。可是你孔小姐就不同了,门第高贵,人也雅致脱俗,为什么至今还把自己关在父母身边呢?

不谈这个了。令瑶打断了对方的令人尴尬的话题,她站起来整了整半干半湿的衣裙,假如方小姐回来,麻烦你给我拨个电话。

方先生有点失望地把令瑶送到门口,也许他怀有某种真正的企图,这个美男子的饶舌使令瑶犹如芒刺戳背。在通往布店的狭窄过道里,方先生抢先一步堵着令瑶说了最后一句话,想去青岛海滨游泳吗?

不去。我哪儿也不想去。

为什么？我们结伴去，再说你的形体很苗条，不怕穿游泳衣的。

令瑶的目光暗淡，穿过方先生的肩头朝外面看，她不想说话，喉咙里却失去控制地滑出一声冷笑。某种悲壮的激情从天而降，它使令瑶先后缓缓举起她的左右双臂，可是我有狐臭，令瑶面无表情，举臂的动作酷似一具木偶，她说，方先生你喜欢这种气味吗？

方先生瞠目结舌地目送令瑶疾步离去，他确实不知道孔家小姐染有这种难言的暗病，同时他也觉得貌似高雅的孔令瑶做出如此举动有点不可思议。

又是一个难眠之夜，庭院里盛开的花朵把浓厚的香气灌进每一个窗口，新置的喷水器已经停止工作，梅林路的孔家一片沉寂，但家里剩下的三个女人都不肯闭眼睡觉。楼下的孔太太躺在床上高一声低一声地呻吟，楼上的令瑶抱着绣枕无休止地啜泣，女佣阿春就只好楼上楼下地跑个不停。

女佣阿春给令瑶端来了洗脸水，正要离开的时候被令瑶叫住了，令瑶向她问了一个奇怪的却又是她期待已久的问题。

狐臭有办法根治吗?

有，怎么没有？女佣阿春在确定她没有听错后响亮地回答，然后她带着一丝欣慰的笑容靠近了令瑶，我早就想告诉你了，可是怕你见怪，不敢先开口说。我老家清水镇上有个老郎中，祖传秘方，专除狐臭，手到病除，不知治好了多少人的暗病。

你带我去。令瑶的脸依然埋在枕头里，她说，明天你就带我去。

女佣阿春看不到令瑶的脸部表情，但她清晰地听见了令瑶沙哑而果断的声音，她相信这是令瑶在春天做出的真正的选择。

孔太太没有阻拦令瑶去清水镇的计划，但令瑶猜得到母亲心里那些谵妄而阴郁的念头。她和女佣阿春带着简单的行李走出家门的时候，孔太太躺在一张藤椅上一动不动，令瑶在门廊那里回头一望，恰恰看见母亲眼里那种绝望的光。令瑶感到一丝轻松，而且在这个瞬间她敏感地意识到春天的家事将在她离去后水落石出。

在早晨稀薄的阳光里孔太太半睡半醒，她迷迷蒙蒙地看见孔先生的脸像一片锯齿形叶子挂在爬山虎的老藤上，一片片地吐芽、长肥长大，又一片片地枯萎、坠落。她迷迷蒙蒙地闻到一股奇怪的血腥气息，微微发甜，它在空气中飘荡着，使满园花草噼噼啪啪地疯长。孔太太在藤椅上痛苦地翻了个身，面对着一棵她最心爱的香水月季，她看见一朵硕大的花苞突然开放，血红血红的花瓣，它形状酷似人脸，酷似孔先生的脸，她看见孔先生的脸淌下无数血红血红的花瓣，剩下一枝枯萎的根茎，就像一具无头的尸首。孔太太突然狂叫了一声，她终于被吓醒了，吓醒孔太太的也许是她的臆想，也许只是她的梦而已。

孔太太踉跄着走到门外，邮差正好来送令丰的信，孔太太就一把抓住邮差的手说，我不要信，我要人，帮我去叫警察局长来，我男人死了，我男人肯定让谁害死了。

人们无从判断孔先生之死与孔家家事的因果关系。凶手是来自城北贫民区的三个少年，他们不认识孔先生。据三个少年后来招认，他们没有想要杀死那个男人，是那个男人手腕上的一块金表迷惑了他们的目光，它在夜色中闪出一圈若隐若现的光泽。孔先生在深夜的梅林路上走走停停，与三个少年逆向而行。他们深夜结伴来梅林路一带游逛，原来的目的不过是想偷取几件晾晒在外面的衣物，为此他们携带了一条带铁钩的绳子。但孔先生孤独而富有的身影使他们改变了主意，他们决定袭击这个夜行者，抢下他腕上那块金表。那个人好像很笨，三个少年对警方说，那个人一点力气也没有，我们用绳子套住他的脖颈，他不知道怎么挣脱，勒了几下他就吐舌头了。三个少年轻易地结束了一个绅士的生命。当时梅林路上夜深人静，三个少年从死者腕上扒下金表后有点害怕，他们决定就近把死者埋起来，于是他们拖着死者在梅林路上寻找空地。最初他们曾想把死者塞进地盖下的下水道里，但孔先生胖了一点，塞不进去，三个少年就商量着把死尸埋在哪家人家的花园里，他们恰巧发现一户人家的大门是虚掩的，悄悄地潜进去，恰巧又发现一个藏匿死尸最适宜的大花垒。那夜孔家人居然没有察觉花园里的动静，孔先生居然在自己的花垒里埋了这么多天，这使人感到孔家之事就像天方夜谭似的令人难以置信，一切都带着天工神斧的痕迹。

至于孔先生深夜踯躅街头的原因人们并不关心，梅林路一带的居民只是对孔太太那天的表现颇有微词。当花垒里的土层被人哗啦啦掘开时，孔太太说了声怪不得那么臭，然后她就昏倒在挖尸人的怀里；过了好久她醒过来，眼睛却望着门廊上的那架爬山虎，围观者又听见孔太太说，怪不得爬山虎长得这么好，这以后孔太太才发出新寡妇女常见的那种惊天动地的恸哭；最后她边哭边说，阿春是聋子吗？把死人埋到家里来她都听不见，让她守着门户，她怎么会听不见？

四月里孔太太曾经预约她熟识的花匠，让他来除去爬山虎移种另一种藤蔓植物茑萝，年轻的花匠不知为何姗姗来迟，花匠到来之时孔太太已经在为孔先生守丧了。

别去动那棵爬山虎，那是我丈夫的遗物。孔太太悲戚地指了指她头上的白绒花，又指了指覆盖了整个门廊的爬山虎藤。她对花匠说，就让它在那儿长着吧。茑萝栽到后面去。

后记 我为什么写《妻妾成群》

苏 童

一九八九年春天的一个夜晚,我在独居的阁楼上开始了《妻妾成群》的写作,这个故事盘桓于我想象中已经很久。

"四太太颂莲被抬进陈家花园的时候是十九岁……",当我最后确定用这个长句作小说开头时,我的这篇小说的叙述风格和故事类型也几乎确定下来了。这样普通的白描式的语言竟然成为一次挑战,因为我以前从来未想过小说的开头会是这种古老平板的语言。

激起我创作欲望的本身就是一个中国人都知道的古老的故事。妻、妾、成、群,这个篇名来源于一个朋友诗作的某一句,它恰如其分地概括了我头脑中那个模糊而跳跃的故事,因此我一改从前为篇名反复斟酌的习惯，直接把它写在了第一页稿纸上。

或许这是一张吉祥的符咒，正如我的愿望一样，小说的进程也异常顺利。

新嫁为妾的小女子颂莲进了陈家以后怎么办？一篇小说假如可以提出这种问题，也就意味着某种通俗的小说通道可以自由穿梭。我自由穿梭，并且生平第一次发现了白描式的古典小说风格的种种妙不可言之处。

自然了，松弛了，那么大大咧咧搔首弄姿一步三叹左顾右盼的写作方法。

《妻妾成群》这样的故事必须这么写。

春天以后窗外的世界开始动荡，我的小说写了一大半后锁在了抽屉里，后来夏天过去秋天来了，我看见窗外的树木开始落叶，便想起我有一篇小说应该把它写完。

于是颂莲再次出现在秋天的花园里。

我想写的东西也更加清晰起来。我不想讲一个人人皆知的一夫多妻的故事。一夫四妻的封建家庭结构正好可以移植为小说的结构，颂莲是一条新上的梁柱，还散发着新鲜木材的气息，却也是最容易断裂的。

我不期望在小说中再现陈家花园的生活，只是被想象中的某些声音所打动，颂莲们在雪地里蹑足走动，在黑屋里掩面呜咽。不能大步走路是一种痛苦，不能放声悲哭是更大的痛苦，颂莲们惧怕井台，惧怕死亡，但这恰恰是我们的广泛而深切的痛苦。

痛苦中的四个女人，在痛苦中一齐拴在一个男人的脖子上，像四棵枯萎的紫藤在稀薄的空气中互相绞杀，为了争夺她们的泥土和空气。

痛苦常常酿成悲剧，就像颂莲的悲剧一样。

事实上一篇小说不可能讲好两个故事，但一篇小说往往被读解成好几种故事。

譬如《妻妾成群》，许多读者把它读成一个"旧时代女性故事"，或者"一夫多妻的故事"。但假如仅仅是这样，我绝不会对这篇小说感到满意的。

是不是把它理解成一个关于"痛苦和恐惧"的故事呢？

假如可以作出这样的理解，那我对这篇小说就满意多了。

附录 苏童经历

1963年	1月23日出生于江苏苏州城最北端的齐门外大街，这条充满回忆的大街，后来被虚构成他小说中的"香椿树街"和"城北地带"。
1969年 6岁	就读于齐门小学。
1971年 8岁	患严重的肾炎及并发性败血症，以致休学半年。在这段病榻时光里，他深刻体会到了孤独与生命的不确定性，也因此开始接触并阅读小说。
1975—1980年 12—17岁	就读于苏州市第三十九中学。作文才华出众，深得老师赏识，经常被推荐参加各类竞赛。初中毕业时，他曾报考南京的海员学校，但遗憾的是未能如愿被录取。 在高中时期，他放学后写诗，写家后一条黑不溜秋的河，这条河不仅承载着他的记忆与情感，更成为他虚构创作中的灵感之源。
1980年 17岁	考取北京师范大学中文系。大学期间，他显得沉默寡言，大

高中时期的苏童

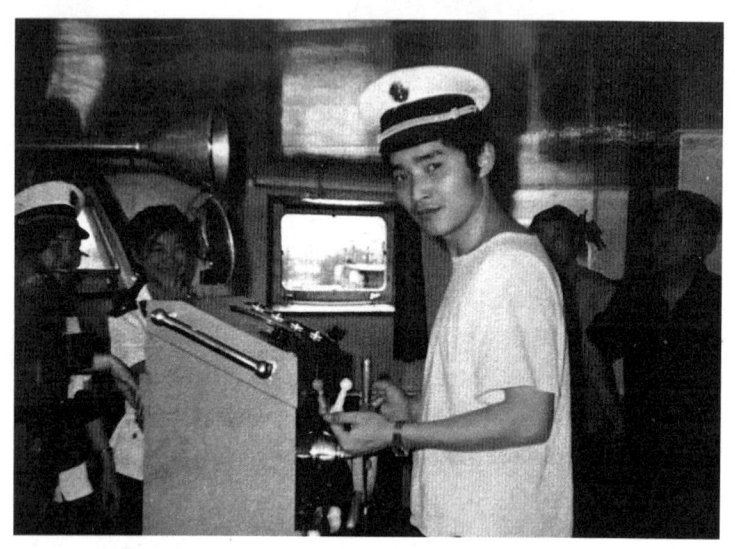

少年时，海军的梦想

部分时间沉浸在阅读小说和文学杂志中，尤其从塞林格的作品中深受启发。

1983年 20岁 在《飞天》4月号发表处女作组诗《旅行者》(署名童中贵)；后又发表组诗《松潘草原离情》及短篇小说《第八个是铜像》。这些最初的写作尝试，成为他锤炼语言和意境的宝贵训练场。大学的四年时光里，他逐渐找到了属于自己的自由生活状态。

1984年 21岁 大学毕业，被分配到南京艺术学院做辅导员。他的日常生活却显得颇为懒散：白天工作，晚上则熬夜沉浸在小说创作中，以至于第二天上班时常迟到。开始写作短篇小说《桑园留念》。

1985年 22岁 成为《钟山》杂志编辑，每天所干的事所遇见的人都与文学有关，还经常坐飞机去外地找知名作家组稿，接触了贾平凹、铁凝、路遥、张承志等知名作家。

1986年 23岁 与中学时期的同学坠入爱河。他说："她从前经常在台上表演一些西藏舞、送军粮之类的舞蹈，舞姿很好看。我对她说我是从那时候爱上她的，她不信。"

1987年 24岁 这是他人生的重要一年，他幸福地结了婚。《桑园留念》在投稿三年后，终于被发表在《北京文学》第二期，这标志着他"香椿树街"系列的开端。短篇小说《飞越我的枫杨树故乡》发表于《上海文学》第二期。中篇小说《一九三四年的逃亡》发表于《收获》第五期，他一举成名，成为先锋小说的领军人物之一。

1988年　25岁　中篇小说《罂粟之家》发表于《收获》第六期,后被评论家誉为"百年来中国中篇小说首屈一指的作品之一"。发表短篇小说《乘滑轮车远去》《祭奠红马》等。《乘滑轮车远去》被视为20世纪60年代那代人的童年生活的一个标志性符号。

1989年　26岁　他迎来了新生命,"我的女儿隆重降生,我对她的爱深得自己都不好意思"。中篇小说《妻妾成群》发表于《收获》第六期。此时,苏童的创作逐渐走向成熟,他的作品中也开始呈现出一个沉郁复杂的南方世界。

25岁的苏童,摄于上海

1990年	27岁	加入中国作家协会。发表小说《妇女生活》《女孩为什么哭泣》等。
1991年	28岁	导演张艺谋由《妻妾成群》改编的电影《大红灯笼高高挂》上映,该片先后获得威尼斯电影节多个奖项、奥斯卡最佳外语片提名、百花奖最佳影片等殊荣。长篇小说处女作《米》发表于《钟山》第三期,得到评论家的一致肯定,"苏童的这座米雕,似乎标志着他真正进入了历史"。发表中短篇小说《红粉》《吹手向西》《另一种妇女生活》《离婚指南》等。
1992年	29岁	长篇小说《我的帝王生涯》发表于《花城》第二期。他坦言:"我的想象力发挥到了一个极致,天马行空般无所凭依。"这部作品与《米》被认为是最具寓言性的新历史主义小说。发表中短篇小说《园艺》《回力牌球鞋》等。获庄重文文学奖。
1993年	30岁	长篇小说《城北地带》开始在《钟山》连载。"香椿树街在这里是最长最嘈杂的一段"。发表中短篇小说《刺青时代》《狐狸》《纸》等。
1994年	31岁	导演李少红由《红粉》改编的电影《红粉》上映,该片获柏林国际电影节银熊奖。创作长篇小说《武则天》(又名《紫檀木球》)。发表中短篇小说《樱桃》《什么是爱情》《肉联工厂的春天》等。这一年也是苏童的旅行和学术交流年,足迹遍布了美国、瑞典、德国等6个国家。

1995年　32岁　导演黄健中由《米》改编的电影《大鸿米店》拍摄完成，但因种种原因该片迟迟未能公开上映。发表中短篇小说《三盏灯》等。

1996年　33岁　发表中短篇小说《犯罪现场》《红桃Q》《世界上最荒凉的动物园》等。"香椿树街系列"短篇小说以这一年为界，这之后创作的《古巴刀》《水鬼》《白雪猪头》等作品的文学想象更加成熟。

1997年　34岁　长篇小说《菩萨蛮》发表于《收获》第四期。发表中短篇小说《告诉他们，我乘白鹤去了》《神女峰》等。

20世纪90年代的苏童

1998年　35岁　发表中短篇小说《小偷》《开往瓷厂的班车》《群众来信》等。作为中国作家代表，苏童与余华、莫言、王朔一同参加意大利都灵东亚文学论坛。同年10月，访问中国台湾，并拜访了知名学者夏志清。

1999年　36岁　发表中短篇小说《驯子记》《向日葵》《古巴刀》《独立纵队》等。

2002年　39岁　长篇小说《蛇为什么会飞》发表于《收获》第二期。发表中短篇小说《点心》《白雪猪头》《人民的鱼》等。2002年至2006年，他的短篇小说写作出现了一次小高潮。

2003年　40岁　发表中短篇小说《骑兵》《垂杨柳》等。

丁聪所绘苏童漫画像

2004年　41岁　导演侯咏由《妇女生活》改编的电影《茉莉花开》上映。发表中短篇小说《手》《私宴》《桥上的疯妈妈》等。

2005年　42岁　发表中短篇小说《西瓜船》等。

2006年　43岁　小说《碧奴》首发,这是全球首个同步出版项目"重述神话"中的首部中国神话作品。发表中短篇小说《拾婴记》等。

2007年　44岁　应歌德学院邀请去莱比锡做驻市作家,在莱比锡生活了三个月,开始动笔写作长篇小说《河岸》。

2009年　46岁　长篇小说《河岸》发表于《收获》第二期,后由人民文学出版社出版。这部作品实现了他的夙愿——"用一部小说去捕捉河流之光"。获第三届英仕曼亚洲文学奖和华语文学传媒大奖年度杰出作家奖。

2010年　47岁　凭借短篇小说《茨菰》获得第五届鲁迅文学奖。同年,他和王安忆一同获得了英国"布克奖"的提名,这是中国作家首次入围布克国际文学奖。

2013年　50岁　长篇小说《黄雀记》发表于《收获》第三期,后出版足本。获选《亚洲周刊》年度十大华语小说。发表中短篇小说《她的名字》等。

2015年　52岁　成为北京师范大学驻校作家。8月,凭借《黄雀记》获第九届茅盾文学奖,他在获奖感言中深情表示:"被看见,然后被观察,那是一种写作的幸运。"同年,由江苏作协调往北京师范大学国际写作中心工作。

2019年　56岁　《黄雀记》入选"新中国70年70部长篇小说典藏"。同年,凭借短篇小说《玛多娜生意》第八次获得百花文学奖。

2021年　58岁　8月,以朗读者的身份参与中央广播电视总台文化类综艺节目《朗读者》第二季。9月,参演的电影《一直游到海水变蓝》在中国上映。12月,当选中国作家协会第十届全国委员会委员。

2022年　59岁　作为嘉宾参加首部外景纪实类节目《我在岛屿读书》。

2021年的苏童

2023年　60岁　受聘为苏州城市学院文正书院兼职教授。同年,他再次与余华、莫言、阿来等录制《我在岛屿读书》第二季。

苏童在《我在岛屿读书》